J.K. 롤링의
《음유시인 비들 이야기》에 대한 찬사

신선하고 독창적이며, 놀라울 정도로 만족스럽다.

선데이 타임스

재치 있고도 신중한 작가의 목소리로 이야기되는
다섯 개의 매혹적인 이야기들이
아이와 부모 모두에게 교훈을 준다.

선데이 익스프레스

해리 포터 독자들에게 친숙한, 과감하고
역설적인 유머로 가득하다.

파이낸셜 타임스

해리 포터 독자라면 알 수 있는 온갖 재치 있는 농담과
주석이 완비되어 독자를 몰입시킨다.

옵서버

독창적이고 다채로우며 재치 있고
지혜로운 이야기로 가득한 선물 같은 책.

북스 포 킵스

음유시인 비들이야기

THE
TALES OF BEEDLE THE BARD

〈해리 포터〉 시리즈

해리 포터와 마법사의 돌
해리 포터와 비밀의 방
해리 포터와 아즈카반의 죄수
해리 포터와 불의 잔
해리 포터와 불사조 기사단
해리 포터와 혼혈 왕자
해리 포터와 죽음의 성물

〈호그와트 라이브러리〉 시리즈

신비한 동물 사전
퀴디치의 역사
(코믹 릴리프와 루모스에 기부)

음유시인 비들 이야기
(루모스에 기부)

J.K. 롤링

음유시인 비들이야기

THE TALES OF BEEDLE THE BARD

룬문자로 된 원본을 헤르미온느 그레인저가 번역하고
알버스 덤블도어 교수가 해설하다

문학수첩 리틀북

LUMOS
Protecting Children. Providing Solutions.

〈해리 포터〉 시리즈의 빛을 밝히는 주문에서 이름을 딴 루모스는 2050년까지
전 세계 취약 계층의 모든 아이들이 고아원이나 보호시설에 보내지지 않고
사랑하는 가족들과 함께하며 자랄 수 있도록 하기 위해 J.K. 롤링이 설립한 자선단체입니다.
루모스의 자선단체 등록번호는 1112575입니다.

차 례

서문 · 11

1

마법사와 깡충깡충 냄비 · 21

2

엄청난 행운의 샘 · 43

3

마술사의 털 난 심장 · 69

4

배비티 래비티와 깔깔 웃는 그루터기 · 91

5

삼 형제 이야기 · 119

루모스 최고 경영자 조젯 멀헤어의 인사말 · 146

일러두기

※개정3판 1쇄부터 20주년 새 번역본에 따라 용어를 수정하였습니다.

서문

《음유시인 비들 이야기》는 마법사 어린이들을 위한 이야기 모음집입니다. 여기 실린 이야기들은 수 세기 동안 마법사 부모들이 자녀들이 잠들기 전에 머리맡에서 읽어 준 인기 있는 이야기들입니다. 그 결과 머글 아이들이 〈신데렐라〉나 〈잠자는 숲속의 미녀〉에 친숙하듯이 호그와트 마법학교의 학생들 대부분은 〈마법사와 깡충깡충 냄비〉나 〈엄청난 행운의 샘〉 같은 이야기에 아주 친숙합니다.

비들 이야기는 여러모로 우리 머글의 동화와 비슷합니다. 이를테면 대개 선은 보상을 받고 악은 벌을 받습니다. 하지만 분명한 차이가 한 가지 있습니다. 머글의 동화에서는 주인공이 겪는 시련의 원인에 종종 마법이 도사리고 있습니다. 사악한 마법사가 사과에 독을 넣거나 수백 년 동안 공주가 깊은 잠에 빠지게 하거나 왕자를 야수로 바꾸거나 하는 식으로 말이죠. 반면 《음유시인 비들 이야기》에는 마법을 부릴 수는 있지만, 그럼에도 불구하고 머글과 마찬가지로 문제를 해결하지 못해 끙끙거리는 주인공들이 등장합니다. 대대로 마법사 부모들은 비들 이야기를 들려줌으로써, 어린 자녀들에게 삶의 이런 가슴 아픈 현실을 넌지시 가르쳐 왔던 것입니다. 마법은 문제의 해결책이기도 하지만 원인이기도 하다는 사실을 말이죠.

또 주목할 만한 차이는 《음유시인 비들 이야기》에 등장하는 여자 마법사들은 머글 동화 속 여주인공보다 훨씬 더 적극적으로 자신의 행운을 찾아 나선다는 점입니다. 아샤와 알세다, 아마타 그리고 배비티 래비티는 모두 자기 손으로 운명을 개척합니다. 그저 하염없이 잠만 자거나 잃어버린 신발 한 짝을 누군가가 돌려주기만을 기다리는 대신 말이죠. 단 하나의 예외가 〈마술사의 털 난 심장〉에 등장하는 이름 없는 아가씨인데, 이 아가씨는 우리가 흔히 생각하는 동화 속 공주와 비슷하게 행동합니다. 하

지만 이 이야기에 '그 뒤로 영원히 행복하게 살았답니다'
라는 결말은 나오지 않습니다.

음유시인 비들은 15세기 사람으로 생애 대부분이 수
수께끼에 싸여 있습니다. 우리가 아는 사실은 비들이 요
크셔에서 태어났으며, 유일하게 전해 내려오는 목판화를
보면 턱수염이 신기할 정도로 텁수룩했다는 것뿐입니다.
만약 그가 이 이야기들을 통해 자신의 생각을 제대로 전
달하고 있다면, 비들은 머글을 악의가 있다기보다는 무지
한 존재로 여겼으며, 그들을 좋아했던 것 같습니다. 또한
그는 어둠의 마법을 불신했으며 마법사 세계의 가장 잔학
무도한 행위는 무자비함이나 냉혹함, 또는 오만에 찬 재
능의 남용같이 전적으로 너무나 인간적인 특성에서 비롯
된다고 믿었습니다. 그의 이야기에서 승리를 거두는 남자
또는 여자 주인공은 가장 강력한 마법 능력을 지닌 인물
이 아니라 가장 친절한 마음씨와 상식, 그리고 영리한 꾀
를 보여 주는 인물입니다.

물론 오늘날의 마법사 가운데 그와 매우 비슷한 생각
을 가진 마법사는, 멀린 1급 훈장을 수여 받았으며 호그와
트 마법학교의 교장이자 국제 마법사 연맹의 마법사장이

고 위즌가모트의 최고위원장인 알버스 퍼시벌 울프릭 브라이언 덤블도어입니다. 하지만 아무리 두 사람의 생각이 비슷하다고 해도, 덤블도어가 유언을 통해 호그와트 서고에 기증한 많은 글들 가운데 《음유시인 비들 이야기》에 관한 해설 한 묶음이 발견되다니 참으로 놀라운 일이 아닐 수 없습니다. 이 글이 그저 혼자 즐기기 위한 것이었는지, 또는 장차 출간을 목적으로 한 것이었는지 결코 알 수 없습니다. 하지만 고맙게도 현재 호그와트의 교장인 미네르바 맥고나걸 교수의 동의를 얻어, 헤르미온느 그레인저가 새로 번역한 비들 이야기와 함께 덤블도어 교수의 해설을 이 책에 실을 수 있게 되었습니다. 부디 새로운 세대의 마법사와 머글 독자 들이 《음유시인 비들 이야기》를 이해하는 데, 덤블도어 교수의 깊은 통찰력(여기에는 마법 역사에 대한 교수 자신의 소견도 포함되어 있습니다)과 개인적인 회상, 그리고 각 이야기의 핵심을 이해하게 해 줄 정보가 도움이 되길 바랍니다. 개인적으로 덤블도어 교수를 알았던 사람들은 모두, 덤블도어 교수 역시 자신이 이 기획에 도움이 되었다는 사실에 몹시 기뻐했을 것이라고 믿습니다. 모든 저작권료는 루모스(LUMOS)에 기부될 것입니다.

이 단체는 자신들의 권리를 대변해 줄 사람을 절실히 필요로 하는 아이들을 위해 활동하고 있습니다.

덤블도어 교수의 해설에 대해 몇 마디 설명을 덧붙이는 것이 좋을 듯합니다. 우리가 아는 한, 이 글은 호그와트의 천문탑 꼭대기에서 그 비극적인 사건이 일어나기 18개월 전쯤에 완성되었습니다. 최근 마법 세계 전쟁의 역사를 잘 알고 있는 사람이라면(가령 〈해리 포터〉 이야기를 7권까지 전부 읽은 사람은 누구나) 덤블도어 교수가 이 책의 마지막에 실린 이야기에 대해 자신이 알고 있는(또는 짐작하고 있는) 전부를 밝히지 않았다는 사실을 알아챌 것입니다. 만약 덤블도어 교수가 일부 사실을 숨겼다면 그 이유는 어쩌면 그가 가장 총애한, 가장 유명한 그의 제자에게 여러 해 전에 말했던 진실에 관한 말 속에서 찾을 수 있을 것입니다.

아름답고도 끔찍한 것이지. 그러므로 진실을 다룰 때는 아주 조심해야 한단다.

그의 말에 동의하든 동의하지 않든, 아마 덤블도어 교

수는 자신이 빠져들었던, 그래서 끔찍한 대가를 치러야
했던 그 유혹으로부터 미래의 독자들을 보호하고 싶었을
거라고 우리는 너그럽게 이해할 수 있을 것입니다.

2008년

JK 롤링

주석에 대하여

덤블도어 교수는 오직 마법사 독자만을 염두에 두고 해설을 쓴 것으로 보인다. 그러므로 나는 이따금 머글 독자들의 이해를 돕는 데 필요한 사실이나 용어 설명을 집어넣었다.

JKR

1

마법사와
깡충깡충 냄비

옛날에 마음씨 착한 늙은 마법사가 있었습니다. 그
는 이웃 사람들을 위해 자신의 마법을 아끼지 않
고 지혜롭게 사용했습니다. 하지만 그 힘의 진짜 근원은
밝히지 않고, 대신 행운의 요리 냄비라고 부르는 작은 솥
단지에서 이미 만들어진 해독제며 주문이며 마법약이 튀
어나오는 척했습니다. 사람들은 수 킬로미터 밖에서도 골
치 아픈 문제를 들고 그를 찾아왔고, 마법사는 기꺼이 냄
비를 휘저어 올바른 해결책을 내놓곤 했습니다.

　모든 사람들에게 사랑받던 이 마법사는 오래오래 살다
가, 전 재산을 외아들에게 물려주고 세상을 떠났습니다.
이 아들은 인정 많고 너그러운 아버지와는 전혀 성품이

달랐습니다. 마법을 부릴 줄 모르는 인간은 아무짝에도 쓸모없다고 생각해서, 살아생전 마법을 써서 이웃 사람들에게 도움을 베풀던 아버지와 종종 말다툼을 벌이기도 했습니다.

아버지가 세상을 뜬 후 아들은 낡은 요리 냄비 안에서 자신의 이름이 적힌 작은 꾸러미를 발견했습니다. 아들은 내심 금덩이라도 들어 있기를 바라며 꾸러미를 풀었습니다. 하지만 거기에는 푹신하고 두툼한 슬리퍼가 들어 있었는데, 아들이 신기에는 너무 작은 데다가 그마저도 한 짝뿐이었습니다. 슬리퍼 안에는 '아들아, 부디 너에게 이게 필요하지 않기를 바란다'라고 적힌 양피지 한 장이 넣어져 있었습니다.

아들은 늙어서 별별 걱정을 다 한 아버지를 비웃으며, 슬리퍼를 다시 냄비 속으로 던져 버렸습니다. 이제부터 그 냄비는 쓰레기통으로나 쓸 작정이었습니다.

그날 밤 한 시골 아낙네가 현관

문을 두드렸습니다.

"우리 손녀딸이 온몸에 무사마귀가 나서 고생하고 있답니다, 나리. 돌아가신 아버님께서는 저 낡은 요리 냄비로 특별한 찜질 약을 만들어 주시곤 했는데……."

"썩 꺼져요!"

아들이 호통을 쳤습니다.

"당신 손녀한테 무사마귀가 난 게 대체 나랑 무슨 상

관이죠?"

아들은 할머니의 눈앞에서 문을 쾅 닫아 버렸습니다.

그때 부엌 쪽에서 뭔가 쨍그랑거리고 쿵쾅거리는 요란한 소리가 들려왔습니다. 마법사는 지팡이 끝에 불을 밝히고 부엌문을 열었습니다. 그리고 아버지의 낡은 요리냄비를 발견하고는 소스라치게 놀랐습니다. 어느 틈에 놋쇠 다리 한 짝이 솟아난 냄비가 마루 한가운데에서 깡충깡충 뛰고 있었습니다. 냄비는 돌바닥에 부딪힐 때마다 무시무시한 소리를 냈습니다. 마법사는 기가 막혀서 가까이 다가가려다가, 냄비 전체가 온통 무사마귀로 뒤덮여 있는 것을 보고 황급히 뒤로 물러섰습니다.

"구역질 나는 물건 같으니라고!"

아들은 큰 소리로 외쳤습니다. 그러고는 마법을 써서 냄비를 완전히 없애 버리려고 했습니다. 그다음에는 냄비를 깨끗하게 만들려고 했고, 결국에는 집 밖으로 쫓아내려고 했습니다. 하지만 어떤 주문도 듣지 않았습니다. 아들은 냄비가 그의 뒤를 쫓아서 부엌 밖으로 깡충깡충 뛰어나오는 것을 막을 수 없었습니다. 냄비는 나무 층계를 쿵쿵 울리면서 침실까지 그를 따라 올라왔습니다.

마법사는 무사마귀로 뒤덮인 낡은 냄비가 밤새 침대 옆에서 쿵쾅거리는 통에 한숨도 자지 못했습니다. 다음 날에도 냄비는 아침 식사를 하는 식탁 앞까지 끈질기게 그를 좇아왔습니다. 쨍그랑. 쨍그랑. 쨍그랑. 놋쇠 발이 달린 냄비는 깡충깡충 뛰었습니다. 마법사가 죽 한 숟가락을 채 뜨기도 전에, 또다시 문을 두드리는 소리가 들렸습니다.

현관 계단 위에는 한 노인이 서 있었습니다.

"제 늙은 당나귀 때문에 왔습니다, 나리."

노인이 사정을 설명했습니다.

"잃어버렸는지, 도둑을 맞았는지 모르겠습니다. 그 녀석이 없으면 전 시장에 물건을 내다 팔 수가 없답니다. 그럼 제 가족들은 오늘 밤 굶어야 합니다."

"지금은 내가 굶게 생겼소!"

마법사는 버럭 소리를 지르고 문을 쾅 닫아 버렸습니다.

쨍그랑. 쨍그랑. 쨍그랑. 요리 냄비가 하나뿐인 놋쇠 다리로 돌바닥 위를 뛰어다니고 있었습니다. 하지만 이번에는 쨍그랑거리는 소리와 함께, 당나귀의 울음소리와 굶주린 사람의 신음이 냄비 깊은 곳에서부터 퍼져 나왔습니다.

"조용히 해! 그만하란 말이야!"

마법사가 비명을 질렀습니다. 하지만 그가 알고 있는 어떤 마법을 써도 무사마귀가 난 냄비를 조용하게 할 수 없었습니다. 냄비는 하루 종일 그의 뒤를 졸졸 따라다니며 히힝 울고 끙끙 신음하고 쨍그랑 쨍그랑 소리를 냈습니다. 그가 어디를 가든, 무슨 일을 하든 전혀 개의치 않았습니다.

그날 밤, 세 번째로 현관문을 두드리는 소리가 났습니다. 한 젊은 여자가 문가에 서서 심장이 터질 듯이 애처롭게 흐느끼고 있었습니다.

"제 아기가 몹시 아프답니다."

여자가 말했습니다.

"저희를 좀 도와주시겠어요? 나리의 아버님께서는 언제든 곤란한 일이 생기면 찾아오라고 말씀하셨는데……."

하지만 마법사는 매몰차게 문을 쾅 닫아 버렸습니다.

그러자 이번에는 고통으로 몸부림치는 냄비에 짭짤한 물이 가득 차올랐습니다. 계속 무사마귀가 돋아나는 냄비가 히힝 울고 신음을 흘리며 깡충깡충 뛸 때마다 눈물이 온 바닥에 철철 넘쳐흘렀습니다.

그 일주일 동안 마을 사람들은 더 이상 그의 집을 찾아와 도움을 청하지 않았지만, 냄비는 계속해서 마을 사람들이 겪는 수많은 고통을 그에게 알려 주었습니다. 불과 며칠이 지나 냄비는 히힝 울고 신음 소리를 내고 눈물을 흘리고 깡충깡충 뛰고 무사마귀가 돋았을 뿐 아니라, 캑캑거리고 구역질을 하고 아기처럼 앵앵 울고 개처럼 낑낑거리고 상한 치즈와 시큼한 우유와 굶주린 민달팽이들을 수없이 토해 냈습니다.

마법사는 냄비 옆에서 잠을 잘

수도 밥을 먹을 수도 없었지만, 냄비는 절대 그의 곁을 떠나지 않았습니다. 마법사는 냄비를 조용히 시킬 수도, 가만히 있게 할 수도 없었습니다.

마침내 마법사는 더 이상 견딜 수가 없었습니다.

"당신들의 문제와 고민과 걱정거리를 모두 나에게 가져오시오!"

마법사는 이렇게 소리를 지르며 어두운 바깥으로 뛰어나갔습니다. 냄비는 마을을 향해 길을 달려가는 마법사를 따라 깡충깡충 뛰었습니다.

"어서! 당신들을 치료하고, 고쳐 주고, 위로하게 해 주시오! 여기 우리 아버지의 요리 냄비가 있소! 당신들을 행복하게 해 드리리다!"

마법사는 여전히 깡충깡충 뛰며 그의 뒤를 따라오는 더러운 냄비에게 쫓기면서 거리를 달려갔습니다. 그리고 온 사방으로 주문을 쏘았습니다.

그러자 집에서 잠자고 있는 어린 소녀의 무사마귀가 순식간에 사라졌습니다. 잃어버렸던 당나귀가 저 멀리 찔레나무 덤불숲에서 돌아와 조용히 마구간으로 들어갔습니다. 아픈 아기가 꽃박하에 흠뻑 젖어 건강하고 발그레

한 얼굴로 잠에서 깨어났습니다. 마법사는 질병과 근심이 있는 집은 어디나 최선을 다해 도와주었습니다. 그의 뒤를 따라다니던 요리 냄비도 점차 신음과 구역질을 멈추더니 마침내 번쩍번쩍 윤이 나도록 말끔해지고 조용해졌습니다.

"어떠냐, 냄비야?"

서서히 동이 트기 시작했을 때, 마법사가 덜덜 몸을 떨며 물었습니다.

냄비는 그가 던져 넣었던 슬리퍼 한 짝을 꺽 하고 토해 냈습니다. 마법사는 냄비의 놋쇠 발에 슬리퍼를 신겼습니다. 마법사와 냄비는 함께 집으로 돌아갔고, 마침내 냄비의 발에서는 더 이상 아무 소리도 나지 않았습니다. 그날부터 마법사는 아버지가 그랬던 것처럼 마을 사람들을 도와주었습니다. 냄비가 슬리퍼를 벗어던지고 또다시 깡충깡충 뛰어다니는 일이 없도록 하기 위해.

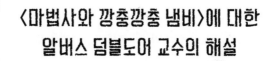

〈마법사와 깡충깡충 냄비〉에 대한 알버스 덤블도어 교수의 해설

한 마음씨 착한 늙은 마법사가 이웃 머글들의 불행을 통해서 무정한 자신의 아들을 시험하고 교훈을 깨우쳐 주기로 결심한다. 결국 젊은 마법사의 양심이 깨어나고, 그는 마법사가 아닌 평범한 이웃 사람들을 위해 자신의 마법을 사용하기로 한다. '흠, 단순하고 감동적인 동화로군.' 누군가는 이렇게 생각할지 모른다. 하지만 그렇게 생각한다면, 그 사람은 자신이 순진한 멍청이임을 고백한 것이나 마찬가지다. 머글을 좋아하는 아버지가 머글을 증

오하는 아들보다 마법 능력이 더 뛰어나다는 친머글 성향의 이야기라니? 이 이야기의 원본이 종종 이들을 집어삼키곤 하는 불길 속에서 살아남았다는 사실 자체가 경이로운 일이다.

비들은 머글에 대한 형제애라는 메시지를 설파함으로써 자신의 시대를 상당히 앞서 나갔다. 15세기 초반에는 마법사와 마법사에 대한 박해가 유럽 전역에서 날로 심해지고 있었다. 그러므로 마법 세계에 속한 많은 이들은 당연하게, 이웃집 머글의 병든 돼지에게 마법을 베푸는 것은 자신의 화형대에 장작을 나르겠다고 자원하는 것이나 마찬가지 짓이라고 생각했다.* "우리 없이 머글들끼리 잘해 보라고 해!" 이것이 그 당시의 구호였다. 마법사들은 점점 마법을 못하는 인간 형제들에게서 멀어졌고, 이 경향은 1689년 국제 마법사 비밀 유지 법령이 제정됨으로

---

* 물론 진짜 마법사들은 화형대나 단두대, 교수형을 피하는 데 상당히 능숙했다(〈배비티 래비티와 깔깔 웃는 그루터기〉에 대한 해설에서 리제트 드 라팽에 관한 나의 언급을 참고할 것). 그럼에도 불구하고 많은 마법사들이 죽었다. 니컬러스 드 밈시 포핑턴(살아서는 궁정 마법사였으며 죽어서는 그리핀도르 탑의 유령이 된) 경은 지팡이를 빼앗기고 지하 감옥에 갇히는 바람에 마법을 써서 처형을 모면할 수가 없었다. 마법사 가족은 특히 어린 자식들을 잃곤 했는데, 어린 마법사들은 마법 능력을 잘 통제하지 못해서 쉽게 마녀 사냥꾼 머글들에게 발각되어 공격을 당했다.

써 절정에 달했다. 그리고 마침내 마법사들은 자진해서 지하 세계로 숨어들었다.

그래도 아이들은 역시 아이들인지라, 깡충깡충 냄비의 기괴한 이야기는 여전히 그들의 상상력을 사로잡았다. 결국 나온 해결책이 친머글 성향의 교훈을 빼 버리고 무사마귀 난 냄비만 남기는 것이었다. 그리하여 16세기 중반에는 이 이야기의 다른 판본이 마법사 가정에서 널리 읽히게 되었다. 바뀐 이야기에서는 깡충깡충 냄비가 횃불과 쇠스랑을 든 이웃 사람들로부터 무고한 마법사를 지켜 준다. 냄비는 사람들을 마법사의 집에서 멀리 쫓아낼 뿐만 아니라 뒤쫓아 가서 통째로 삼켜 버린다. 이야기의 끝에 가면, 냄비가 이웃 사람들을 거의 다 집어삼켰을 때 마법사는 몇 명 안 남은 마을 사람들에게서 앞으로는 그가 마법을 쓰도록 조용히 내버려 두겠다는 약속을 받아 낸다. 그 대신 냄비에게 희생자들을 다시 돌려놓으라고 명령한다. 냄비는 트림을 하여 배 속 깊은 곳에서부터 거의 멀쩡한 모습의 희생자들을 토해 낸다. 오늘날까지도 일부 마법사 부모들(특히 반머글 성향의)은 아이들에게 이 개작된 이야기만을 들려준다. 따라서 아이들이 어쩌다 원래 이야기를 읽게 되면 깜짝 놀라곤 한다.

앞서 이미 암시했듯이, 〈마법사와 깡충깡충 냄비〉가 분노를 산 이유는 단지 친머글적인 정서 때문만은 아니다. 마녀사냥이 날로 극렬해지자, 마법사 가정은 자신과 가족을 보호하기 위해 은신 마법을 써서 이중생활을 하기 시작했다. 17세기 무렵에는 머글들과 친하게 지내는 마법사는 누구나 의심을 받았고 심지어 그들이 속한 공동체에서 추방당하기까지 했다. 친머글 성향의 마법사들에게 가해진 수많은 모욕('진창에 빠진 놈'이라든가 '똥닭개' '엿 먹을 놈' 같은 노골적인 욕설들은 바로 이 시기에 나온 것이다) 중에는 마법이 약하다거나 열등하다는 비난도 있었다.

당시의 영향력 있는 마법사들, 가령 반머글 성향의 잡지인 《전장의 마술사》의 편집자 브루터스 말포이는 머글 애호가는 마법 능력에 있어 거의 스큅*과 같다는 통념에 못을 박았다. 1675년 브루터스는 이렇게 썼다.

---

* [스큅이란 마법사 부모 밑에서 태어났지만, 마법 능력을 갖지 못한 사람이다. 매우 드물게 나타나는 경우로, 머글 부모 밑에서 마법사가 태어나는 일이 오히려 더 흔하다. JKR]

우리는 확신을 가지고 단언할 수 있다. 머글 사회에 호의를 보이는 마법사는, 누구든 지적 능력이 떨어지며 마법 능력 또한 한심할 정도로 약해서 오직 못난이 머글들 틈에 있을 때만 자신이 우월하다고 느낄 수 있는 사람이라고 말이다.

마법사가 아닌 사람을 편애하는 일만큼, 자신의 마법 능력이 형편없음을 확실히 보여 주는 증거는 없다.

물론 세계에서 가장 뛰어난 마법사들[**]이 이른바 '머글 애호가'라는 명백한 사실 앞에서 이런 편견은 결국 사라지고 말았다.

하지만 〈마법사와 깡충깡충 냄비〉에 대한 마지막 반감은 오늘날에도 일부 남아 있다. 아마 그것을 단적으로 보여 주는 사람이 바로 악명 높은 《독버섯 이야기》의 저자 베아트릭스 블록삼(1794~1910)일 것이다. 블록삼 부인은 《음유시인 비들 이야기》가 아이들에게 커다란 해를 미친다고 생각했다. 그 이유는 거기 실린 이야기들이 블록삼

[**] 나와 같은 마법사들.

부인의 표현을 빌리자면 '죽음이나 질병, 유혈 참사, 사악한 마법, 불온한 등장인물, 가장 혐오스러운 것들의 구체적인 분출 등 매우 끔찍한 주제들에 불건전하게 집착'하고 있기 때문이었다. 블록삼 부인은 비들 이야기를 포함한 몇몇 옛날이야기들을 선택해서, 자신이 '우리 작은 천사들의 순수한 머릿속에 건강하고 행복한 생각을 가득 불어넣어 주고, 사악한 꿈으로부터 그들의 달콤한 잠을 지켜 주며, 순진무구함이라는 소중한 꽃을 보호하는 행위'라고 표현한 스스로의 이상에 맞춰 고쳐 썼다.

블록삼 부인이 〈마법사와 깡충깡충 냄비〉를 고쳐 쓴, 그 순수하고 소중한 이야기는 이렇게 끝난다.

그러자 작은 황금 냄비는 기뻐서 춤을 추었어요. 까앙충까앙충 깡충! 그 앙증맞은 장밋빛 발가락으로! 위 윌리킨스는 인형들의 아픈 배를 고쳐 주었고, 작은 냄비는 너무 기쁜 나머지 위 윌리킨스와 인형들을 위한 사탕으로 가득 찼답니다.

"하지만 이 닦는 걸 잊지 말아요!"

냄비는 외쳤어요.

위 윌리킨스는 깡충깡충 뛰는 냄비를 껴안고 입을 맞추었죠. 그리고 언제나 인형들을 도와주겠으며 두 번 다시 심통 맞고 추한 늙은이가 되지 않겠다고 약속했어요.

블록삼 부인의 이야기는 모든 세대의 마법사 어린이들로부터 똑같은 반응을 불러일으켰다. 아이들은 구역질을 주체할 수 없었고, 당장 이 책을 가져가 짓뭉개 버려야겠다는 충동을 느꼈다.

2

엄청난
행운의 샘

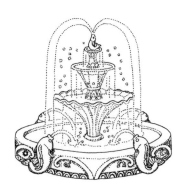

어느 **마법의** 정원 안에 '엄청난 행운의 샘'이 언덕 꼭대기에서 샘솟고 있었습니다. 이 정원은 높은 담으로 에워싸이고 강력한 마법의 보호를 받았습니다.

1년에 딱 하루 하짓날 해가 뜰 때부터 해가 지기 전까지 불행한 사람이 그 샘에 도달하여 몸을 담그면 영원히 사라지지 않는 엄청난 행운을 얻을 수 있었습니다. 하지만 그 기회는 오직 한 명에게만 주어졌습니다.

그날이 되자, 왕국 방방곡곡에서 수백 명의 사람들이 길을 떠났습니다. 그리고 해가 뜨기 전에 정원 담장 앞에 도착했습니다. 남자와 여자, 부자와 가난뱅이, 젊은이와 늙은이, 마법 도구를 가진 자와 가지지 않은 자 할 것 없

이 모든 사람들이 저마다 정원 안으로 들어가는 주인공이
되기를 소망하며 어둠 속에 모여 있었습니다.

이 수많은 군중의 가장자리에 제각기 무거운 고통의
짐을 진 세 명의 여자 마법사가 모였습니다. 그들은 해가
뜨기를 기다리는 동안 자신의 슬픔을 서로에게 털어놓았
습니다.

첫 번째 마법사 아샤는 어떤 치료약으로도 고칠 수 없
는 질병을 앓고 있었습니다. 아샤는 부디 샘물이 자신의
병을 없애 오래오래 행복하게 살 수 있게 해 주기를 소망
했습니다.

두 번째 마법사 알세다는 사악한 마법사에게 집이 털
려 황금과 지팡이를 몽땅 잃고 말았습니다. 알세다는 샘
물의 도움을 받아 가난과 무기력함에서 벗어나기를 소망
했습니다.

세 번째 마법사 아마타는 진심으로 사랑하던 남자에게
서 버림을 받았습니다. 그녀는 영원히 마음의 상처가 낫
지 않을 것만 같았습니다. 그래서 샘물이 자신의 슬픔과
애타는 그리움을 사라지게 해 주길 소망했습니다.

세 마법사는 서로의 처지를 동정하며, 만약 그들에게

기회가 주어진다면 절대 헤어지지 말고 행운의 샘까지 다
함께 도달하자고 약속했습니다.

　마침내 첫 햇살이 하늘을 가르자, 담장 틈새가 쩍 벌어
졌습니다. 사람들은 저마다 소리 높여 샘의 축복을 빌며
우르르 몰려갔습니다. 이때 정원 너머에서 담쟁이넝쿨이
뻗어 나오더니 밀려드는 군중 속을 구불구불 파고들었습
니다. 그리고 첫 번째 마법사인 아샤를 칭칭 감았습니다.
아샤는 두 번째 마법사 알세다의 손목을 움켜쥐었고, 알세
다는 세 번째 마법사 아마타의 옷자락을 꼭 붙잡았습니다.

　그런데 침울한 얼굴을 한 채 앙상하게 뼈만 남
은 말 위에 앉아 있던 한 기사의 갑옷에 아
마타가 그만 걸리고 말았습니다.

　넝쿨은　담장
틈새로 세 마법
사를 끌고 들어
갔습니다.
동시에
기 사 의
몸도

들어 올려져 함께 끌려 들어갔습니다.

실망한 군중이 외치는 성난 고함 소리가 아침 공기를 뒤흔들었습니다. 하지만 정원의 담장이 다시 굳게 닫히자 일순간 정적이 감돌았습니다.

아샤와 알세다는 얼떨결에 기사를 데리고 들어온 아마타에게 화를 냈습니다.

"딱 한 사람만이 샘에 몸을 담글 수 있단 말이야! 우리 세 사람만으로도 결정하기 어려운데 한 사람을 더 데려오다니!"

한편 담 너머 바깥세상에서는 기사로 알려진 러클리스 경(영어로 'luckless'는 불운하다는 뜻이다—옮긴이)은 세 마법사를 멍하니 바라보았습니다. 마법을 부릴 줄도 모르고, 칼이나 창을 잘 다루지도 못하며, 마법사가 아닌 평범한 인간으로서 돋보일 만한 어떤 능력도 없는 이 기사는 세 마법사를 상대로 싸워 자신이 샘에 도달할 가망은 없다고 확신했습니다. 그러므로 기사는 마법사들에게 다시 담장 밖으로 나가겠다는 뜻을 밝혔습니다.

이 말을 듣자 이번에는 아마타까지 화를 냈습니다.

"이런 소심한 사람 같으니!"

아마타는 그를 꾸짖었습니다.

"칼을 뽑으세요, 기사님. 그리고 우리가 목표를 이룰 수 있도록 도와주세요!"

그리하여 세 마법사와 풀 죽은 기사는 마법의 정원 안으로 모험을 떠났습니다. 온갖 희귀한 풀과 과일과 꽃이 양지바른 길 양쪽에서 풍성하게 자라고 있었습니다. 그들은 아무런 방해도 받지 않고 샘물이 있는 언덕 밑에 도달했습니다.

하지만 몸이 빵빵하게 부풀고 눈 먼 괴물 같은 하얀 벌레가 언덕 발치를 칭칭 감싸고 있었습니다. 그들이 가까이 다가가자, 벌레는 흉측한 얼굴을 그들에게 돌리더니 다음과 같이 말했습니다.

"네 고통의 증거를 나에게 바쳐라."

러클리스 경은 칼을 뽑아 들고 괴물 벌레를 죽이려고 했지만, 그의 칼은 맥없이 뚝 부러져 버렸습니다. 이번에는 알세다가 괴물 벌레에게 돌을 던졌습니다. 아샤와 아마타도 괴물 벌레를 굴복시키거나 기절시킬 주문을 모두 시도해 보았지만, 두 사람의 지팡이는 친구가 던진 돌멩이나 기사의 칼만큼이나 아무런 위력도 발휘하지 못했습니다. 괴물 벌레는 그들을 절대 지나가게 해 주지 않았습니다.

태양은 점점 더 하늘 높이 떠오르고 있었습니다. 아샤는 그만 낙심해서 눈물을 흘리기 시작했습니다.

그때 괴물 벌레가 그녀의 얼굴에 자신의 얼굴을 갖다 대더니 그녀의 뺨에 흐르는 눈물을 마셨습니다. 갈증이 해소되자, 괴물은 옆으로 미끄러졌습니다. 그리고 땅 밑 구멍 속으로 사라져 버렸습니다.

괴물 벌레가 사라지자 세 마법사와 기사는 매우 기뻐하며 언덕을 오르기 시작했습니다. 그들은 정오가 되기 전까지 반드시 샘에 도착하리라고 확신했습니다.

하지만 가파른 비탈을 절반쯤 올라
가자, 땅 위에 다음과 같은 글씨가 새겨
져 있었습니다.

네 노고의 열매를 나에게 바쳐라.

러클리스 경은 갖고 있던 하나뿐인
동전을 꺼내 풀이 우거진 비탈 위에 내
려놓았습니다. 하지만 동전은 그대
로 데굴데굴 굴러 어디론가 사라
져 버렸습니다. 세 마법사와 기
사는 계속해서 비탈을 올라갔
습니다. 하지만 몇 시간을 걸

었는데도, 단 한 발자국도 앞으로 나갈 수가 없었습니다. 언덕 꼭대기는 조금도 가까워지지 않았고, 그들 앞의 땅에는 여전히 똑같은 글씨가 새겨져 있었습니다.

태양이 그들 머리 위를 지나 저 멀리 지평선을 향해 떨어지기 시작하자, 세 마법사와 기사는 모두 낙심했습니다. 하지만 알세다는 마법의 언덕을 더 이상 올라갈 수 없었음에도 불구하고, 어느 누구보다 더 빨리 그리고 열심히 걸었습니다. 그러면서 다른 사람들에게도 자신을 따라 하라고 독려했습니다.

"용기를 내, 친구들. 절대 포기하지 마!"

알세다는 이마에 흐르는 땀을 닦으며 소리쳤습니다.

그런데 땀방울이 반짝하며 땅에 떨어지는 순간, 그들의 길을 가로막던 글씨가 사라졌습니다. 세 마법사와 기사는 다시 언덕을 오를 수 있게 되었습니다.

두 번째 방해물이 사라진 것을 기뻐하며, 그들은 있는 힘을 다해 부지런히 언덕 꼭대기를 향해 올라갔습니다. 마침내 꽃과 나무로 둘러싸인 곳 사이로 크리스털처럼 반짝이는 샘이 언뜻 보였습니다.

하지만 샘에 도달하기 전, 언덕 꼭대기를 감싸며 흐르

는 시냇물이 그들의 앞길을 가로막았습니다. 맑고 투명한
물속 깊은 곳에는 다음과 같은 글이 새겨진 매끄러운 돌
하나가 놓여 있었습니다.

네 과거의 보물을 나에게 바쳐라.

러클리스 경은 방패를 타고 시냇물을 건너가려 했지
만, 방패는 곧 가라앉았습니다. 세 마법사는 기사를 물에
서 끌어낸 다음, 시냇물을 펄쩍 뛰어넘어 보려고 시도했
습니다. 하지만 시냇물은 호락호락 그들을 건너가게 내버
려 두지 않았습니다. 그동안에도 태양은 쉬지 않고 저물
어 갔습니다.

결국 그들은 자리에 주저앉아 돌에 새겨진 글귀의 의
미를 곰곰이 생각했습니다. 아마타가 제일 먼저 그 뜻
을 이해했습니다. 그녀는 지팡이를 들더니, 떠나간 연인
과 함께했던 행복한 시간의 기억들을 모두 머릿속에서 뽑
아 내 출렁이는 물에 떨어뜨렸습니다. 시냇물은 그 기억
을 휩쓸어 갔고, 다음 순간 징검다리가 나타났습니다. 세
마법사와 기사는 물을 건너 마침내 언덕 꼭대기에 도달할

수 있었습니다.

샘물은 그들 앞에서 눈부시게 빛을 발하고 있었습니다. 그 주위에는 그들이 여태껏 보았던 그 무엇보다 더 아름답고 희귀한 꽃과 풀 들이 가득했습니다. 이제 하늘은 붉게 타올랐고, 그들 중에 누가 샘물에 들어갈지 결정해야 할 때가 되었습니다.

하지만 결정을 내리기도 전, 병든 아샤가 쓰러졌습니다. 언덕 꼭대기까지 힘들게 올라오느라 모든 힘을 다 써 버린 그녀는 거의 죽기 직전이었습니다.

그녀의 세 친구는 그녀를 샘으로 옮겨 가려고 했지만, 죽을 것 같은 고통에 몸부림치는 아샤는 제발 자기를 건

드리지 말라고 애원했습니다.

　그때 알세다가 황급히 효험이 있을 것
같은 풀을 모두 뜯더니, 러클리스 경의 조롱
박에 든 물과 섞어 아샤의 입안으로 흘려 넣
었습니다.

　그러자 아샤는 즉시 자리를 털고 일어
났습니다. 치명적인 질병의 증세까지도
말끔히 사라져 있었습니다.

　"병이 나았어!"

　아샤가 소리쳤습니다.

　"난 이제 샘물은 필요 없어. 알

세다가 들어가도록 해!"

하지만 알세다는 풀을 잔뜩 뜯어서 앞치마에 담느라 정신이 없었습니다.

"이걸로 질병을 고칠 수 있다면, 난 금을 잔뜩 벌 수 있을 거야! 그러니 아마타가 샘물에 들어가!"

러클리스 경은 공손히 허리를 숙이며 아마타에게 샘으로 들어가라는 몸짓을 했습니다. 하지만 그녀는 고개를 저었습니다. 연인에 대한 안타까운 감정이 시냇물에 몽땅

떠내려가 버렸기 때문에, 이제 그녀는 그 남자가 얼마나 냉혹하고 믿을 수 없는 사람이었는지 분명히 깨달았습니다. 그리고 그런 남자에게서 벗어나 천만다행이라고 생각했습니다.

"선량하신 기사님, 당신이 샘에 들어가도록 하세요. 당신이 지금껏 보여 주신 모든 기사도 정신에 대한 보상입니다!"

아마타가 러클리스 경에게 말했습니다.

그리하여 기사는 저무는 태양의 마지막 햇살 속에서 갑옷을 덜컹거리며 걸어갔습니다. 그리고 '엄청난 행운의 샘'에 몸을 담갔습니다. 수백 명의 사람 중 바로 자신이 선택받았다는 사실에 놀라고, 그 믿을 수 없는 엄청난 행운에 현기증을 느끼며……

태양이 지평선 아래로 완전히 사라졌을 때, 러클리스 경은 의기양양한 광채를 내뿜으며 물에서 나왔습니다. 그리고 녹슨 갑옷을 입은 몸을 아마타의 발밑에 던졌습니다. 그녀야말로 그가 여태껏 본 여자 중에서 가장 아름답고 마음씨 착한 아가씨였습니다. 성공한 기쁨에 얼굴이 붉게 상기된 채, 기사는 손을 내밀어 그녀의 마음을 달라

고 간청했습니다. 아마타는 기사 못지않게 기뻐하며, 마침내 자신의 모든 것을 가질 만한 자격이 있는 남자를 찾았음을 깨달았습니다.

세 마법사와 기사는 다 함께 팔짱을 끼고 언덕을 내려왔습니다. 그리고 네 명 모두 오래오래 행복하게 살았습니다. 그들 중 어느 누구도 샘물이 아무런 마법도 부리지 않았다는 사실을 깨닫거나 의심하지 않았습니다.

〈엄청난 행운의 샘〉에 대한 알버스 덤블도어 교수의 해설

〈엄청난 행운의 샘〉은 시대를 초월하여 가장 사랑받는 이야기다. 그러므로 단 한 번, 호그와트의 축제 연회에 크리스마스 동화극(pantomime. 영국에서 크리스마스 때 공연하는 일종의 희극—옮긴이)을 상연하려 했을 때, 이 이야기가 그 주제로 선택되었다.

당시 약초학 선생이었던 허버트 비어리 교수*는 아마추어 연극의 열성적인 애호가였는데, 널리 사랑받는 이 동화를 각색하여 교수진과 학생들을 위한 크리스마스 특별 연극으로 내놓자는 제안을 했다. 나는 그때 젊은 변환 마법 선생이었는데, 허버트 교수는 나에게 '특수 효과'를 맡겼다. 내가 해야 할 특수 효과에는 완전하게 작동되는 행운의 샘과 풀이 자란 모형 언덕이 포함되어 있었다. 우리의 세 여자 주인공과 남자 주인공이 그 모형 언덕을 올라가는 시늉을 하는 동안 언덕은 서서히 무대 밑으로 가라앉아 완전히 사라질 예정이었다.

잘난 체가 아니라, 진심으로 내가 만든 샘과 언덕은 각자의 기능을 잘해 냈다고 생각한다. 아, 하지만 나머지 캐스팅에 대해서는 그런 말을 할 수 없으니 안타까울 뿐이다. 마법 생명체 돌보기 선생인 실바누스 케틀번 교수가 제공한 거대한 '벌레'가 일으킨 우스꽝스러운 소동은 잠시 접어 둔다 해도, 인간적인 요소가 이 공연의 가장 큰 재앙이었음이 입증되었다. 연출을 맡은 비어리 교수는 바로 자신의 코앞에서 부글부글 끓는 감정적 갈등에 대해서

• 비어리 교수는 결국 W.A.D.A.(드라마 예술 마법사 아카데미)에서 가르치기 위해 호그와트를 떠났다. 비어리 교수가 언젠가 나에게 고백한 바에 따르면, 그곳으로 간 후에도 이 이야기를 공연할 때마다 왠지 불길한 생각이 들면서 강한 혐오감을 느꼈다고 한다.

는 위험할 만큼 무지한 사람이었다. 그러므로 아마타 역을 맡은 학생과 사귀는 사이였던 러클리스 경 역할 학생이, 막이 오르기 불과 한 시간 전에 '아샤'에게로 변심할 줄은 꿈에도 몰랐다.

어쨌든 행운의 샘을 찾아 나선 우리의 주인공들이 끝내 언덕 꼭대기에 도달하지 못했다는 것만 말해 두도록 하자. 막이 오르자마자 케틀번 교수의 '벌레'(지금 생각하니 이 벌레는 부풀리기 마법에 걸린 애시윈더**였다)가 뜨거운 불꽃과 먼지를 소나기처럼 퍼부으며 폭발해 버렸고 대연회장은 연기와 매캐한 냄새로 가득 찼다. 벌레가 내 언덕 기슭에 낳아 놓은 거대한 뜨거운 알들이 마루 판자를 태우는 동안, 아마타와 아샤는 서로 마주 보며 맹렬히 결투를 벌였다. 그 기세가 어찌나 사나웠던지 비어리 교수는 쇄도하는 공격 사이에 갇혀 꼼짝 못 했고, 교사들은 황급히 연회장을 비워야만 했다. 무대 위에서 타오르던 화염이 그

** 이 흥미로운 생물에 관한 정확한 사항은 《신비한 동물 사전》을 참고할 것. 이 생물이 결코 자발적으로 나무판자로 둘러싸인 방에 들어가거나 부풀리기 마법에 걸리지는 않았을 것이 분명하다.

곳 전체를 집어삼킬 태세로 번졌기 때문이다. 결국 그날 밤의 연극은 병동에 부상자들이 넘쳐나는 것으로 끝이 났다. 하지만 대연회장에서 독한 나무 탄내가 완전히 사라지는 데는 몇 달이 걸렸으며, 케틀번 교수가 근신을 끝내고 비어리 교수의 머리카락이 다시 원래 모습을 되찾는데는 훨씬 더 오랜 시간이 흘러야 했다. 또한 아만도 디핏 교장은 모든 동화극 공연에 대해 전면적인 금지령을 내렸고, 그 결과 호그와트에는 오늘날까지도 연극을 하지 않는다는 자랑스러운 전통이 내려오고 있다.

우리의 공연이 엄청난 재난으로 끝나기는 했지만, 어쨌든 〈엄청난 행운의 샘〉은 가장 인기 있는 비들 이야기일 것이다. 물론 〈마법사와 깡충깡충 냄비〉처럼 이 이야기 역시 비난하는 사람들이 있기는 하지만 말이다. 몇몇 학부형은 이 이야기를 호그와트 도서관에서 빼라는 요구까지 했는데, 우연의 일치겠지만 그중에는 브루터스 말포

---

* 케틀번 교수는 마법 생명체 돌보기 선생으로 재직하는 동안, 무려 62회의 근신을 견뎌 내야 했다. 나의 선임 호그와트 교장이었던 디핏 교수와 그는 항상 팽팽히 맞서곤 했는데, 디핏 교수는 그가 너무 분별력이 없다고 생각했다. 하지만 내가 교장이 되었을 무렵에는 케틀번 교수도 상당히 유순해졌다. 물론 팔다리가 하나하고 반쪽밖에 남지 않아서 온순해질 수밖에 없었다고 냉소적으로 바라보는 이들은 항상 있었다.

이의 후손이며 한때 호그와트 이사회의 일원이었던 루시우스 말포이 씨도 있었다. 말포이 씨는 이 이야기를 금지하라는 내용의 요구서를 다음과 같이 제출했다.

마법사와 머글 간의 이종 교배를 묘사하는 글은 허구든 실화든 간에 호그와트의 도서관에서 무조건 추방해야 합니다. 나는 우리 아들이 마법사와 머글 사이의 결혼을 장려하는 이야기를 읽고 영향을 받아 혈통의 순수성을 더럽히는 걸 원치 않습니다.

물론 나는 이 책을 도서관에서 치우기를 거부했고 그 결정은 이사회 위원 대다수의 지지를 받았다. 나는 말포이 씨에게 내 결정을 해명하는 답신을 보냈다.

이른바 순수 혈통이라고 하는 가문들은 자신의 가계에서 머글이나 머글 태생을 부인하거나 추방하거나 또는 속임으로써 그저 말뿐인 순수성을 유지해 오고 있습니다. 이제 그들은 우리에게 자신들이 부인하는 진실을 다루고 있는 책들을 금지시킬 것을 요구함으로써 우리에게까지 그들의 위선을 덮어씌우려고 합니다. 머글의 피가 섞이지 않은 마법사는 없습니다. 그러므로 나는 우리 학생들을 위한 지식의 보고에서 그 주제를 다룬 책들을 빼 버리는 일은 불법이며 부도덕한 행위로 간주하는 바입니다.*

이 서신 교환을 계기로 말포이 씨는 나를 호그와트 교장직에서 몰아내려는 끈질긴 운동을 시작했다. 그리고 나 역시 볼드모트 경의 총애를 받는, 죽음을 먹는 자라는 위치에서 그를 몰아내는 일에 착수했다.

---

* 나의 답신에 말포이 씨는 즉각 몇 통의 항의서를 더 보내왔다. 하지만 그 편지들은 주로 내 정신 상태와 혈통 그리고 건강에 대한 무례한 언급들을 담고 있었기에 이 글과는 전혀 상관이 없다.

3

마술사의
털 난 심장

옛날에 잘생기고 돈 많고 재능이 뛰어난 젊은 마
술사가 하나 살았습니다. 그는 주변에 있는 친구
들이 사랑에 빠지면 어리석어져서 괜히 들떠서 돌아다니
고, 멋을 부리다가 끝내 식욕을 잃고 위신까지 잃는 모습
을 종종 보았습니다. 젊은 마술사는 절대로 저런 나약한
감정의 덫에 걸리지 않겠노라고 굳게 결심했습니다. 그리
하여 어둠의 마법을 써서 사랑에 대한 철저한 면역력을
갖추었습니다.

　이런 비밀을 까맣게 모르는 마술사의 가족은 지나치게
차갑고 무관심한 그를 보며 놀려 대곤 했습니다.

　"저러다가도 완전히 딴사람이 될 거야. 그의 마음을 사로잡는 아가씨가 나타나기만 하면 말이지!"

하지만 젊은 마술사는 냉담할 뿐이었습니다. 수많은 아가씨들이 거만한 그의 태도에 매력을 느끼고 그의 환심을 사려고 온갖 은근한 술수를 다 부려 보았지만, 어느 누구도 그의 마음을 움직이지 못했습니다. 마술사는 자신의 냉담한 태도와 그것을 가능하게 한 현명함을 무척이나 자랑스러워했습니다.

어느덧 파릇파릇하고 싱그럽던 젊음도 가고, 마술사의 동년배 친구들은 하나둘 결혼을 하여 자식을 낳기 시작했습니다.

"잉잉 울어 대는 애새끼들 때문에 저 녀석들의 심장은 껍데기밖에 안 남았을 거야!"

주변의 젊은 부모들이 벌이는 한심한 짓거리를 볼 때마다 마술사는 속으로 비웃었습니다. 그리고 자신이 일찌감치 현명한 선택을 했다며 기뻐하곤 했습니다.

때가 되어 마술사의 늙은 부모가 세상을 떠났습니다. 하지만 그 아들은 부모의 죽음을 조금도 슬퍼하지 않고, 오히려 재산을 상속받아 매우 기뻐했습니다. 이제 그는 부모의 성을 독차지했습니다. 젊은 마술사는 가장 소중한

보물을 성의 가장 깊은 지하 감옥으로 옮겨 놓은 후, 호화롭고 안락한 삶을 마음껏 누렸습니다. 하인들은 오직 젊은 마술사 한 사람만을 섬길 뿐이었습니다.

마술사는 아무 걱정 없이 화려하고 멋지기만 한 자신의 독신 생활을 모든 사람이 부러워하리라고 확신했습니다. 그래서 어느 날 하인 둘이 주인에 대해 쑥덕거리는 소리를 우연히 듣고는 분노가 머리끝까지 치솟았습니다.

하인 하나가 먼저, 이렇게 엄청난 재산과 힘을 지니고 있으면서 아직까지 사랑하는 사람 하나 없는 마술사가 참 딱하다고 말했습니다.

하지만 또 다른 하인은 대궐처럼 으리으리한 성과 이토록 많은 황금을 가진 남자가 어째서 아내를 얻지 못하는지 이유가 궁금하지 않냐면서 빈정거렸습니다.

하인들의 이야기를

듣던 마술사는 크게 자존심이 상했습니다.

그는 당장 아내를 얻어야 겠다고 결심했습니다. 그것도 이 세상 어떤 아내보다 훨씬 뛰어난 아내를. 그의 아내는 보는 남자들마다 질투와 욕망에 사로잡힐 만큼, 경탄할 만큼 아름다울 것이며, 유서 깊은 마술사 가문의 혈통을 타고나서 그들의 자식들은 탁월한 마법 능력을 물려받을 것이고, 재산 또한 그의 재력에 맞먹을 정도는 되어야 할 것이었습니다. 그래야만 가족이 늘어도 자신의 안락한 생활에 아무런 지장이 없을 테니까요.

이런 여자를 찾으려면 아마 족히 50년은 걸려야 했겠지만, 우연히도 마술사가 아내를 얻겠다고 결심한 바로 다음 날 그의 모든 요구 사항을 충족하는 아가씨가 친척을 방문하기 위해 마술사의 성 근처에 도착했습니다.

그 아가씨는 마법 능력이 비범하고 황금을 엄청나게 많이 가진 마법사였습니다. 게다가 한번 보기만 해도 모든 남자가 홀딱 빠질 만큼 대단한 미모를 지녔습니다. 물론 딱 한 사람 예외가 있었습니다. 마술사의 심장만은 아무 감정도 느낄 수 없었습니다. 그럼에도 불구하고 이 아가씨가 바로 그가 찾던 대상이었기에 마술사는 그녀에게 구애를 하기 시작했습니다.

마술사의 태도가 달라졌음을 알아챈 사람들은 모두 깜짝 놀랐습니다. 그리고 그 아가씨에게 백 명의 여자들이 이루지 못한 일에 성공했다고 말했습니다.

젊은 아가씨는 마술사의 관심에 황홀해하면서도 동시에 알 수 없는 거부감을 느꼈습니다. 마술사의 달콤한 말 뒤에 숨은 차가움을 감지했기 때문이었습니다. 젊은 아가씨는 이렇게 낯설고 멀게 느껴지는 남자는 단 한 번도 만난 적이 없었습니다. 하지만 젊은 아가씨의 친척들은 두 사람이야말로 더할 나위 없이 잘 어울리는 짝이라고 이야기하며 둘의 결혼을 적극적으로 지지하고 나섰습니다. 그리고 젊은 아가씨를 위한 성대한 연회에 참석해 달라는 마술사의 초대를 받아들였습니다.

식탁 위에는 최고급 와인과 진수성찬을 담은 은 그릇과 황금 그릇이 가득 놓여 있었습니다. 음유시인들은 류트의 명주실 현을 뜯으며, 그들의 주인이 절대 느껴 보지 못한 사랑의 감정을 노래했습니다. 젊은 아가씨는 연회의 제일 상석에 마술사와 나란히 앉아 있었습니다. 마술사는 시인들에게서 훔쳐 들은 온갖 달콤한 말들을, 진정한 의미는 전혀 알지 못한 채 연신 그녀의 귓가에 낮게 속삭였습니다.

젊은 아가씨는 당혹스러운 마음으로 가만히 듣고 있다가 마침내 대답했습니다.

"마술사님, 당신은 정말 말씀을 잘하시는군요. 당신의 진심을 볼 수만 있다면, 저도 당신이 보이는 관심에 기뻐할 텐데요!"

마술사는 빙그레 웃으며 그 점에 대해서는 전혀 걱정할 필요 없다고 했습니다. 그리고 따라오라며 젊은 아가

씨를 연회장 밖으로 데리고 나갔습니다. 두 사람은 마술
사가 자신의 가장 귀중한 보물을 감추어 둔, 잠겨 있는 지
하 감옥으로 내려갔습니다.

그곳에는 펄떡펄떡 뛰는 마술사의 심장이 크리스털 마
법 상자 안에 들어 있었습니다.

이미 오래전에 눈과, 귀와, 손가락과 연결이 끊어져 감
각을 잃은 심장은 아름다운 외모에도, 음악처럼 달콤한

목소리에도, 비단처럼 부드러운 피부의 촉감에도 전혀 감동하지 않았습니다. 아가씨는 이 광경을 보고 무서워서 죽을 것만 같았습니다. 마술사의 심장은 쭈글쭈글하게 시들었고, 길고 시커먼 털로 뒤덮여 있었습니다.

"오, 도대체 무슨 짓을 한 거죠?"

젊은 아가씨가 부르짖었습니다.

"이걸 원래 있던 자리에 집어넣으세요. 부탁이에요!"

젊은 아가씨를 기쁘게 하려면 그렇게 할 수밖에 없다
는 사실을 깨달은 마술사는 지팡이를 휘둘러서 크리스털
상자를 열고 자신의 가슴을 베어 열었습니다. 그리고 털
난 심장을 원래 있던 자리인, 자신의 빈 가슴 속에 집어넣
었습니다.

"이제 당신은 치유되었어요. 드디어 진정한 사랑을 알
게 되었어요!"

젊은 아가씨는 기뻐서 소리쳤습니다. 그리고 마술사를
꼭 껴안았습니다.

그녀의 부드럽고 하얀 팔이 닿는 감촉과 그의 귓가에
전해지는 그녀의 숨소리, 탐스러운 금발에서 풍겨 나오는

향기, 이 모든 것들이 새로 깨어난 마술사의 심장을 날카로운 창처럼 꿰뚫었습니다. 하지만 그의 심장은 오랫동안 몸 밖에 나가 있으면서 이상하게 변해 버렸고, 어둠 속에 갇혀 있는 동안 사납고 무감각해져 버렸습니다. 그리고 사악한 욕망만 주체할 수 없이 커졌습니다.

연회에 참석한 손님들은 성의 주인과 젊은 아가씨가 어디론가 사라졌다는 걸 진작 알아차렸습니다. 처음에는 별로 대수롭지 않게 여기던 손님들도 차츰 시간이 흐르자 걱정스러운 생각이 들었고, 마침내 성안을 수색하기 시작했습니다.

결국 그들은 지하 감옥에 도달했고 말할 수 없이 끔찍한 광경을 목도했습니다.

아름다운 아가씨는 숨이 끊어진 채 바닥에 쓰러져 있었습니다. 그녀의 가슴은 갈라져서 쩍 벌어져 있었고, 정신 나간 마술사가 온통 피로 물든 손 하나에 부드럽고 반짝거리는 커다란 진홍색 심장을 들고 그 옆에 쪼그리고 앉아 있었습니다. 마술사는 그 심장을 연신 혓바닥으로 핥고 어루만지며 반드시 자기 심장과 바꾸겠노라고 중얼거렸습니다.

그의 또 한 손에는 지팡이가 쥐어져 있었는데, 마술사는 자신의 가슴에서 쪼글쪼글 메마르고 털이 난 심장을 어떻게든 구슬려서 밖으로 꺼내려고 애썼습니다. 하지만 털 난 심장은 마술사보다도 더 의지가 강해서, 그의 감각에 대한 지배력을 포기하거나 그토록 오랫동안 갇혀 있던 상자 안으로 되돌아가기를 완강히 거부했습니다.

마침내 마술사는 공포에 질려 어쩔 줄 모르는 손님들의 눈앞에서 지팡이를 내던지고 은으로 된 단도를 움켜쥐었습니다. 그리고 두 번 다시는 자기 심장의 지배를 받지 않겠노라고 맹세하며 자신의 가슴에서 심장을 칼로 도려냈습니다.

잠깐 동안 양손에 심장을 하나씩 움켜쥐고서 의기양양하게 무릎을 꿇고 앉아 있던 마술사는 곧 아가씨의 시신 위로 풀썩 쓰러져 숨을 거두었습니다.

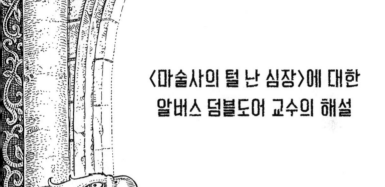

〈마술사의 털 난 심장〉에 대한
알버스 덤블도어 교수의 해설

우리가 앞서 살펴본 바와 같이, 비들의 처
음 두 이야기는 자비와 관용, 그리고 사랑
이라는 주제 때문에 사람들의 비난을 받
았다. 그렇지만 〈마술사의 털 난 심장〉
은 처음 쓰인 이래로 수백 년 동안 크게
비난을 받거나 내용이 바뀌거나 하지
않은 것 같다. 내가 나중에 룬 문자로 쓴
비들 이야기 원본을 읽었을 때, 그 내용은
예전에 어머니가 내게 들려주었던 이야기
와 거의 일치했다. 〈마술사의 털 난 심장〉은
비들의 이야기 중에서 단연 가장 기괴하기

때문에 많은 부모는 아이가 악몽을 꾸며 괴로워하지 않을
만큼 충분히 컸다는 생각이 들었을 때 비로소 아이들에게
이 이야기를 들려준다.

그렇다면 어째서 이 소름 끼치는 이야기가 살아남은
것일까? 〈마술사의 털 난 심장〉이 여러 세기 동안 전해 내
려올 수 있었던 까닭은 이 이야기가 우리 모두의 마음속
에 감추어진 어두운 심연에 대해 이야기하고 있기 때문이
다. 이것은 가장 강렬한, 하지만 좀처럼 인정받지 못하는
마법의 유혹 중 하나를 고백하고 있는데, 바로 결코 상처
입지 않는 강인함을 추구하는 것이다.

물론 이는 단지 어리석은 환상일 뿐이다. 남자든 여자

• 베아트릭스 블록삼의 일기에 따르면, 그녀는 친척 아주머니가 사촌들에게 들려주는
이야기를 엿들은 뒤로 충격에서 결코 벗어나지 못했다고 한다. "아주 우연히 내 작은
귀가 열쇠 구멍에 딱 붙어 있었다. 아마도 내 온몸이 공포로 마비되었던 것 같다. 그
자리에서 나는 의도치 않게 노비 삼촌과 마귀할멈과 '튀어 오르는 구근' 자루에 얽힌
완전 밥맛 떨어지는 사건의 시시콜콜한 내막은 물론이고 이 혐오스러운 이야기까지
전부 듣고 말았고, 그 충격으로 거의 죽을 뻔했다. 나는 일주일 동안 침대에 누워 앓
았는데, 정신적으로 어찌나 깊이 상처를 입었던지 매일 밤 잠든 채로 이야기를 엿들
었던 열쇠 구멍을 찾아갈 정도였다. 결국 사랑하는 나의 아버지는 오직 나를 위한 마
음에서 잘 시간이면 내 방문에 부착 마법을 걸었다." 어쨌든 베아트릭스는 아이들의
예민한 귀에 들려주기 적합하게 〈마술사의 털 난 심장〉을 개작할 방법을 찾지 못한
것이 분명하다. 왜냐하면 그녀도 이 이야기만큼은 다시 써서 《독버섯 이야기》에 싣
지 않았기 때문이다.

든, 마법사든 아니든 간에 살아 있는 사람은 누구나 육체적인 상처나 정신적인 상처 또는 감정적인 상처를 입게 마련이다. 상처를 입는 것은 숨을 쉬는 것만큼이나 인간적인 일이다. 그럼에도 불구하고 우리 마법사들은 특히 존재의 타고난 본성을 우리의 의지에 순응시킬 수 있다는 생각에 쉽게 빠져드는 경향이 있다. 예를 들어 이 이야기에 등장하는 젊은 마술사**는 사랑에 빠지면 자신의 안락과 안녕에 해로운 영향이 미칠 것이라고 판단한다. 그는 사랑은 굴욕이며 약점이고, 개인적 감정과 물질적 자원 모두를 고갈시키는 것으로 본다.

  물론 수 세기 동안 사랑의 묘약이 거래되고 있다는 사

** [마술사(warlock. 마술사, 요술쟁이, 점쟁이란 뜻이 있다. 〈해리 포터〉 시리즈에서는 'wizard'와 'warlock'를 구별하지 않고 똑같이 '마법사'로 옮겼으나, 이 책에서는 특별히 'warlock'이란 용어를 설명하는 각주가 달려 있기에 구별하여 번역한다―옮긴이)란 용어는 아주 오래된 것이다. 이 단어가 종종 '마법사wizard'와 동일하게 쓰이고 있지만, 원래는 결투와 모든 전투 마법을 익힌 사람을 지칭하는 것이었다. 또한 이 명칭은 머글들이 용감한 행위로 이따금 기사 작위를 받는 것처럼, 용맹한 위업을 달성한 마법사에게 주어지는 칭호이기도 했다. 이 이야기 속의 젊은 마법사를 '마술사'라고 부름으로써, 비들은 그가 이미 공격 마법의 탁월한 기술을 인정받았음을 암시하고 있다. 오늘날 마법사는 두 가지 경우로 '마술사'란 용어를 사용하는데, 보기 드물게 사나운 인상을 지닌 마법사를 묘사하거나, 특정한 기술이나 업적을 뜻하는 칭호로 쓸 때가 그렇다. 바로 덤블도어가 위즌가모트의 마술사 수장이었다. JKR]

실에서 알 수 있듯이, 예측할 수 없는 사랑의 행로를 통제
해 보려고 시도했던 사람이 단지 이 소설 속에 등장하는
마술사만은 아니다. 진정한 사랑의 묘약*을 찾으려는 노
력은 오늘날까지 끊임없이 계속되고 있다. 하지만 그런
묘약은 아직까지 만들어지지 않았으며, 저명한 마법약 제
조술사들도 그 가능성을 의심하고 있다.

하지만 이 이야기의 주인공은 마음대로 불러일으키거
나 또는 없애 버릴 수 있는 사랑의 환영 같은 것에는 관심
조차 없다. 그는 단지 일종의 질병처럼 여겨지는 사랑에
영원히 감염되지 않기만 바랄 뿐이다. 그러므로 사실 이
야기책 밖에서는 도저히 불가능한 그런 어둠의 마법을 사
용하여 자신의 심장을 따로 가둔다.

많은 작가들은 이런 행위가 호크룩스를 만드는 일과
흡사하다는 사실에 주목해 왔다. 비록 비틀의 주인공이
죽음을 피하려고 하는 건 아니지만, 어쨌든 분리해서는

- 가장 비범한 마법약 제조술사 협회의 창립자인 헥터 대그워스 그레인저는 이렇게
  설명한다. "솜씨가 뛰어난 마법약 제조술사라면 강렬한 열정을 촉발시킬 수는 있다.
  하지만 아직까지 어느 누구도 진정 깨뜨릴 수 없고 영원하며 무조건적인 애정, 즉 오
  직 사랑이라고만 불릴 수 있는 감정을 만들어 내는 데는 성공하지 못했다."

안 되는 것(여기서는 육체와 영혼이 아니라 육체와 심장)을 분리하고 있는 것은 분명하다. 그렇게 함으로써 그는 애덜버트 워플링의 마법의 근본 법칙 중 첫 번째를 어기고 있다.

오직 지극히 극단적이고 위험한 결말을 맞을 준비가 된 자만이 가장 심오한 신비(삶의 근원이자 자아의 본질인)를 함부로 건드릴지니.

이 어리석은 젊은이는 초인이 되겠다는 욕망에 눈이 멀어 자신을 비인간적인 존재로 만들어 버린 것이다. 그가 감옥에 가둬 버린 심장은 천천히 쪼글쪼글해지면서 털이 나기 시작하는데, 그것은 점차 야수로 전락해 가는 그의 모습을 상징한다. 결국 그는 자신이 원하는 걸 강제로 차지하는 사나운 짐승이 되어 버린다. 그리고 이제는 결코 손에 넣을 수 없는 것, 바로 인간의 심장을 되찾기 위해 헛되이 몸부림치다가 죽는다.

다소 오래된 표현이긴 하지만 '심장에 털이 났다'는 말은 차갑고 감정이 없는 마법사들을 묘사하는 마법 세계의 일상어로 통용되고 있다. 노처녀인 나의 친척 호노리

아 아주머니는 마법 부당 사용 관리과에 근무하는 한 마법사와 약혼을 했다가 그 남자가 '심장에 털 난' 인간이란 걸 알고서 파혼해 버렸노라고 입버릇처럼 주장했다. (하지만 소문에 따르면 실제로는 그 남자가 호클럼프*들과 장난치는 광경을 보고 몹시 충격을 받았기 때문이라고 한다.) 좀 더 최근에는 《털 난 심장: 죄를 짓지 않고자 하는 마법사들을 위한 안내서》**란 제목의 자기계발서가 베스트셀러 1위에 오르기도 했다.

---

* 호클럼프는 뻣뻣한 털이 난 분홍색 버섯처럼 생긴 생물이다. 어느 누가 그런 생물을 귀여워하며 놀고 싶어 하는지 도통 이유를 알 수 없다. 자세한 설명은 《신비한 동물 사전》을 참고할 것.

** 늑대인간 증세와의 치열한 투병을 그린 가슴 아픈 책인 《털 난 주둥이, 인간의 심장》과 혼동하지 않길 바란다.

4

배비티 래비티와
깔깔 웃는 그루터기

옛날 옛적 머나먼 곳에 자기 혼자서만 마법 능력을 갖겠다고 결심한 어리석은 왕이 살았습니다.

왕은 군대의 대장에게 마녀 사냥꾼 부대를 만들라고 명령했습니다. 그리고 사나운 검은 사냥개들과 함께 이 부대를 출격시켰습니다. 그와 동시에 왕은 온 나라 안 모든 마을과 도시에서 포고문을 발표하도록 했습니다.

'폐하께 마법을 가르칠 교사 구함.'

진짜 마법사는 감히 이 자리를 지원하고 나서지 못했습니다. 마녀 사냥꾼 부대를 피해 모두 숨어 버렸기 때문입니다.

그러나 마법 능력이라고는 전혀 없는 한 교활한 사기

꾼이 한탕 할 기회를 노리고 궁정으로 찾아왔습니다. 그리고 자신이 굉장히 기술이 뛰어난 마법사라고 주장했습니다. 사기꾼은 간단한 몇 가지 속임수를 보여 주었고 어리석은 왕은 그의 마법 능력을 굳게 믿었습니다. 그리하여 그를 즉시 왕의 개인 마법 교사이자 왕실 마법사 수장으로 임명했습니다.

사기꾼은 왕에게 황금 한 자루를 달라고 부탁했습니다. 그것을 가지고 지팡이와 다른 필요한 마법 용품들을 구입하겠다는 것이었습니다. 또한 치료 마법을 행하는 데 사용할 커다란 루비 몇 개와 마법약을 보관하고 숙성시키는 데 필요한 은잔 한두 개도 요구했습니다. 어리석은 왕은 이 물건들을 모두 갖춰 주었습니다.

사기꾼은 그 보물을 자기 집에 안전하게 숨기고는 다

시 궁전 마당으로 돌아갔습니다.

　그는 궁전 마당 가장자리에 있는 초라한 오두막집에서 사는 노파가 자신을 지켜보고 있는 줄은 꿈에도 몰랐습니다. 노파의 이름은 배비티였는데, 궁정의 모든 천과 옷감을 항상 하얗고 향기 나고 보들보들하게 관리하는 세탁부였습니다. 그녀는 말리려고 널어놓은 이불감 뒤에서 사기꾼이 왕의 나무에서 가지 두 개를 꺾어 왕궁으로 들어가는 모습을 몰래 지켜보았습니다.

　사기꾼은 나뭇가지 하나를 왕에게 내놓으며 이것이 엄청난 힘을 가진 마법 지팡이라고 장담했습니다.

　"하지만 이 지팡이는 오직 폐하께서 그에 합당한 자격을 갖추셨을 때에만 효력을 발휘할 것입니다."

　사기꾼이 말했습니다.

매일 아침 사기꾼과 어리석은 왕은 궁정 마당으로 걸어 나와 지팡이를 휘두르며 하늘을 향해 말도 안 되는 주문을 외쳐 댔습니다. 사기꾼이 주도면밀하게 몇 가지 속임수를 더 보여 주었기에 왕은 왕실 마법사 수장의 실력과 그토록 많은 황금을 주고 얻은 지팡이의 힘을 굳게 믿었습니다.

어느 날 아침, 사기꾼과 어리석은 왕이 아무 의미 없는 말을 중얼중얼 외우면서 열심히 나뭇가지를 빙글빙글 돌리며 폴짝폴짝 원을 돌고 있을 때, 어디선가 깔깔거리는 요란한 웃음소리가 왕의 귓가에 들려왔습니다. 세탁부 배비티가 작은 오두막집 창문 너머로 왕과 사기꾼을 지켜보고 있었던 것입니다. 어찌나 신나게 웃었던지 노파는 힘이 빠져 더 이상 서 있지 못하고 곧 창문 아래로 주저앉아 버렸습니다.

"저 세탁부 노파가 저렇게 웃어 대는 걸 보니, 내가 엄청 체통 없어 보인 모양이구나!"

나뭇가지를 흔들며 폴짝폴짝 뛰던 왕은 동작을 멈추고 잔뜩 인상을 찌푸렸습니다.

"연습도 이젠 지겹다! 도대체 언제쯤 내 신하들 앞에서 진짜 마법을 부릴 수 있게 된단 말인가, 마법사?"

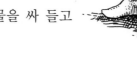

사기꾼은 머지않아 세상이 깜짝 놀랄 만한 마법을 부릴 수 있게 될 것이라고 장담하며 제자의 마음을 달래려고 애썼습니다. 하지만 깔깔대던 배비티의 웃음소리는 사기꾼이 생각했던 것보다 어리석은 왕의 가슴에 훨씬 더 깊숙이 박혔습니다.

"내일 조정의 신하들을 초대하여 내가 마법을 부리는 모습을 보여 줄 것이다!"

사기꾼은 드디어 보물을 싸 들고

줄행랑을 놓을 때가 왔음을 깨달았습니다.

"폐하, 안타깝게도 그건 불가능합니다! 바로 내일 제가 먼 여행을 떠나야 한다는 말씀을 전하께 드린다는 걸 깜박 잊었군요."

"마법사, 만약 그대가 내 허락 없이 이 궁전을 떠난다면, 나의 마녀 사냥꾼 부대가 사냥개를 이끌고 그대 뒤를 끝까지 쫓을 것이다! 내일 아침 그대는 내가 신하들과 귀부인들 앞에서 마법을 부리는 걸 도와주도록 하여라! 만약 누구든 나를 보고 웃는 사람이 있다면, 그때는 내가 그대의 목을 치겠노라!"

왕은 폭풍처럼 사납게 쿵쿵거리며 궁궐로 돌아갔습니다. 홀로 남은 사기꾼은 두려움에 떨었습니다. 이제 그가 알고 있는 교활한 술수를 총동원해도 목숨을 구할 수 없을 것 같았습니다. 왜냐하면 도망칠 수도 없을뿐더러, 그렇다고 자신도 모르기는 마찬가지인 마법을 왕이 부리도록 도와줄 수도 없었기 때문입니다.

자신의 두려움과 분노를 분출할 출구를 찾던 중 사기꾼은 세탁부 배비티의 창가에 이르렀습니다. 방 안을 힐끗 들여다본 그는 이 조그만 노파가 식탁에 앉아서 지팡이를 윤이 나게 닦는 광경을 보았습니다. 방 안쪽의 커다란 나무통 안에서는 왕의 이불보가 스스로 움직여 빨래를 하고 있었습니다.

　사기꾼은 즉시 배비티야말로 진짜 마법사라는 사실을 알아차렸습니다. 그리고 자신에게 이런 끔찍한 곤경을 안

겨 준 그녀가 이 문제를 해결할 수 있는 유일한 사람이라
는 사실도 깨달았습니다.

"이 할망구야!"

사기꾼이 버럭 소리를 질렀습니다.

"당신이 깔깔거리고 웃는 바람에 난 값비싼 대가를 치
르게 되었어. 날 도와주지 않으면 당신이 마법사라고 떠
들고 다닐 거야. 그럼 할망구는 왕의 사냥개에게 갈기갈
기 물어뜯기고 말걸!"

늙은 배비티는 사기꾼을 보고 히죽 웃었습니다. 그러
고는 자신의 능력을 다 발휘해서 그를 도와주겠노라고 약
속했습니다.

사기꾼은 노파에게 왕이 마법 시범을 보이는 동안 덤
불 안에 숨어 있다가, 왕이 모르게 왕의 주문을 대신 외우
라고 지시했습니다. 배비티는 이 계획에 선선히 동의하면
서 한 가지 질문을 던졌습니다.

"그런데 나리, 왕께서 제가 할 수 없는 주문을 쓰시려
고 하면 어떻게 하지요?"

사기꾼이 비웃었습니다.

"그 멍청한 왕의 상상력보다는 할망구의 마법이 좀 더

나을 거야."

사기꾼은 장담했습니다. 그러고는 자신의 영리함에 몹시 흡족해하면서 성으로 돌아갔습니다.

다음 날 아침, 왕국의 모든 신하와 귀부인이 왕궁 마당에 모였습니다. 왕은 사기꾼을 옆에 대동한 채 사람들 앞에 놓인 무대 위로 올라갔습니다.

"먼저 이 부인의 모자를 사라지게 하겠노라!"

왕이 어느 귀부인에게 나뭇가지를 겨누면서 소리쳤습니다.

한편 근처 덤불 속에 숨어 있던 배비티는 그 모자를 향해 지팡이를 겨누고 사라지게 했습니다. 사람들 사이에서 놀라움과 찬탄의 함성이 와 하고 터져 나왔습니다. 그리고 의기양양해하는 왕을 향해 우레와 같은 박수를 보냈습니다.

"이번에는 이 말을 날아오르게 하겠다!"

왕은 이렇게 소리치더니 나뭇가지로 자신의 말을 겨누었습니다.

동시에 덤불 속에 있는 배비티가 말을 향해 지팡이를 겨누었고, 말은 하늘 높이 솟아올랐습니다.

사람들은 더욱 놀라 전율하며 경탄을 금치 못했습니다. 그리고 마법을 부리는 왕을 칭송하며 함성을 질렀습니다.

"이번에는……."

왕은 또 뭘 하면 좋을까 생각하며 사방을 둘러보았습니다. 그때 마녀 사냥꾼 부대의 대장이 앞으로 달려 나왔습니다.

"폐하! 바로 오늘 아침에 사브르가 독버섯을 먹고 숨졌습니다. 부디 폐하의 지팡이로 이 개가 다시 살아나게 해 주십시오!"

대장은 이렇게 말하며 마녀 사냥용 개들 중에서도 가장 몸집이 커다란 개의 시체를 단상 위에 올렸습니다.

어리석은 왕은 나뭇가지를 휘저으며 죽은 개를 향해 겨누었습니다. 하지만 덤불 안에 있던 배비티는 그저 빙그레 웃기만 할 뿐, 지팡이를 들어 올리는 수고조차 하지 않았습니다. 어떤 마법도 죽음을 되돌릴 수는 없기 때문입니다.

개가 꼼짝도 하지 않자 사람들은 처음에는 웅성거리다가 곧 키득키득 웃기 시작했습니다. 그리고 왕이 처음에

보여 준 두 가지 마법도 속임수가 아
니었을까 의심했습니다.

"어째서 이 지팡이가 말을 듣지 않
는 거지?"

왕이 사기꾼을 향해 빽 소리를 질렀
습니다. 사기꾼은 자신에게 남은 단
한 가지 책략을 생각해 냈습니다.

"저기, 저기입니다. 폐하!"

사기꾼은 배비티

가 몸을 숨기고 앉아 있는 덤불을 가리키며 외쳤습니다.

"제 눈에는 분명히 보입니다. 못된 마법사가 사악한 주문으로 폐하의 마법을 가로막고 있는 모습이! 저 마법사를 잡아라, 누가 저 마법사 좀 잡아!"

배비티는 덤불에서 튀어나와 도망쳤습니다. 마녀 사냥꾼 부대는 당장 사냥개의 목줄을 풀고 추적에 나섰습니다. 사냥개는 배비티의 숨통을 끊어 놓을 듯이 사납게 짖어 대며 쫓아갔습니다. 하지만 배비티가 야트막한 울타리 근처에 도달하자, 그녀의 모습이 흔적도 없이 사라져 버렸습니다. 결국 왕과 사기꾼과 모든 궁정 대신들이 그곳으로 몰려왔을 때, 보이는 것이라고는 꼬부라진 늙은 나무를 향해 사납게 짖어 대며 발톱으로 긁고 있는 한 무리의 사냥개들뿐이었습니다.

"마법사가 나무로 변신을 했습니다!"

사기꾼이 날카롭게 외쳤습니다. 이제라도 배비티가 사람 모습으로 되돌아와서 자신의 간계를 폭로할까 봐 잔뜩 겁이 난 그는 황급히 덧붙였습니다.

"저 나무를 잘라 버리십시오, 폐하. 사악한 마법사는 그렇게 다루어야 합니다."

당장 도끼가 대령되었고, 늙은 나무는 궁정 대신들과 사기꾼의 우레와 같은 환호성 속에 쓰러졌습니다.

하지만 사람들이 궁전으로 되돌아가려고 막 돌아서자, 요란하게 깔깔 웃는 소리가 그들의 발목을 잡았습니다.

"멍청이들!"

그들이 남겨 놓은 그루터기에서 배비티의 목소리가 들려왔습니다.

"반으로 자른다고 해서 마법사를 죽일 수 있을 것 같으냐! 내 말을 못 믿겠으면, 지금 당장 도끼를 집어 들고 왕실 마법사 수장을 반으로 잘라 봐!"

마녀 사냥꾼 부대의 대장이 즉시 실행하겠다고 덤벼들었습니다. 하지만 대장이 도끼를 치켜들자마자, 사기꾼은 털썩 무릎을 꿇고 주저앉았습니다. 그리고 제발 목숨만은 살려 달라고 빌면서 자신이 저지른 사악한 범죄를 모두 털어놓았습니다. 사기꾼이 지하 감옥으로 끌려가는 동안, 그루터기는 전보다 더욱 큰 소리로 깔깔거리며 웃었습니다.

"마법사를 반으로 베어 버렸으니 너희 왕국에 끔찍한 저주가 내릴 것이다!"

그루터기는 화석처럼 굳어 버린 왕에게 말했습니다.

"이제부터 네가 우리 마법사 동료를 한 번 해칠 때마다, 마치 도끼가 네 옆구리를 내려치는 듯한 고통을 느낄 것이다. 그리하여 결국에는 차라리 죽고 싶다고 애원하게 될 것이다!"

이 말에 왕 또한 털썩 무릎을 꿇었습니다. 그리고 그루터기를 향해 당장 포고령을 발표하여 왕국 내에 있는 모든 마법사를 보호하겠으며 마음껏 마법을 행사할 수 있도록 허락하겠노라고 말했습니다.

"아주 좋아. 하지만 아직도 배비티에게는 아무런 보상도 하지 않았어!"

그루터기가 말했습니다.

"뭐든지, 뭐든지 하겠소!"

어리석은 왕은 그루터기 앞에서 두 손을 싹싹 빌며 소

리쳤습니다.

"그렇다면 가엾은 세탁부 노파를 기념하고 너의 어리석음을 영원히 되새긴다는 의미에서 내 위에 배비티의 동상을 세워라!"

그루터기가 말했습니다.

왕은 당장 그렇게 하겠다고 동의했습니다. 그리고 나라 안에서 가장 뛰어난 조각가를 시켜 순금으로 동상을 세우겠다고 약속했습니다. 톡톡히 창피를 당한 왕과 모든 귀족과 귀부인은 깔깔 웃는 그루터기를 뒤로한 채 궁전으로 되돌아갔습니다.

이윽고 궁정 마당에 또다시 정적이 찾아오자, 그루터기의 뿌리 사이에 난 작은 구멍에서 통통하게 살찌고 수염이 난 늙은 토끼 한 마리가 이빨 사이에 지팡이를 문 채 버둥거리며 나왔습니다. 땅 밖으로 톡 튀어나온 배비티는 멀리멀리 떠나 버렸습니다. 이후로 그루터기 위에는 세탁부 노파의 황금상이 세워졌고 그 왕국에서는 두 번 다시 마법사가 박해받지 않았습니다.

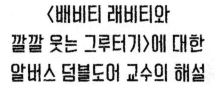

⟨배비티 래비티와 깔깔 웃는 그루터기⟩에 대한 알버스 덤블도어 교수의 해설

⟨배비티 래비티와 깔깔 웃는 그루터기⟩는 여러 면에서 비들의 이야기 중에서 가장 '현실적'이다. 이야기 속에 등장하는 마법이 대부분 이미 알려져 있는 마법 법칙을 따르고 있기 때문이다.

우리 대부분은 바로 이 이야기를 통해서 마법으로 죽은 자를 되살려 낼 수 없다는 사실을 처음 배웠다. 대개의 어린이들이 그렇듯이, 우리들 또한 우리 부모님이라면 지팡이를 한 번 까딱하기만 해도 죽은 쥐나 고양이를 깨울 수 있을 것이라고 굳게 믿었기 때문에 이 사실은 엄청난 충격과 실망을 안겨 주었다. 비들이 이 이야기를 쓴 지 대략 6세기 정도가 지났고, 그동안 사랑하는 이들이 계속 옆에 있다는 환상을 유지하기 위한 수만 가지 방법들이 고안됐지만,* 여전히 마법사들은 죽음으로 인해 한번 갈라진 육체와 영혼을 다시 결합시킬 수 있는 방법을 찾지 못했다. 저명한 마법사 철학자인 버트란드 드 팡세 프로퐁데가 그의 유명한 저서 《자연사의 실제적이고 형이상학적인 결과들의 전환 가능성에 대한 연구—영혼과 물질의 재통합에 대한 특별한 고찰과 더불어》에서 이렇게 썼듯이 말이다. "단념하라. 그런 일은 절대 일어나지 않는다."

한편 배비티 래비티 이야기는 애니마구스를 언급한 가장 오래된 문학 사료 중 하나이기도 하다. 세탁부 배비티는 자신의 의지대로 동물로 변신할 수 있는 희귀한 마법 능력을 소유하고 있다.

---

* [마법 세계의 사진과 초상화는 움직이기도 하고, (심지어 초상화의 경우에는) 정말 살아 있는 사람처럼 말을 하기도 한다. '소망의 거울'같이 아주 희귀한 몇몇 물건들은 세상을 떠난 사랑하는 이의 보다 역동적인 영상을 보여 주기도 한다. 한편 유령들은 투명하지만 움직이기도 하고 말도 하고 생각도 하는데, 어떤 이유에서든 이것은 지상에 남기를 원한 마법사들의 변형된 모습이다. JKR]

전체 마법 인구 중에서 애니마구스가 차지하는 비율은 아주 낮다. 게다가 자연스럽고 완벽하게 인간에서 동물로 변신하는 경지에 오르려면, 오랜 학습과 연습이 필요하다. 따라서 많은 마법사는 차라리 그 시간을 다른 데에 쓰는 편이 더 효율적이라고 생각한다. 사실 절박하게 변장을 하거나 몸을 감춰야 할 필요성이 없는 한, 동물로 변하는 재능은 별로 쓸 데가 없다. 마법 정부에서 애니마구스의 등록을 고집하는 것도 바로 그런 이유에서다. 이런 종류의 마법이 은밀하고 뒤가 구린 일이나 또는 심지어 범죄 행위와 관련된 일에 가장 유용하게 쓰인다는 건 의심의 여지가 없다.**

물론 토끼로 변신할 수 있는 세탁부가 과연 있었느냐 하는 점은 의심스럽다. 하지만 일부 마법 역사가들은 비들이 유명한 프랑스 여자 마법사 리제트 드 라팽(lapin. 프랑스어로 토끼란 뜻―옮긴이)을 배비티의 모델로 삼았다고 추

** [호그와트의 교장 맥고나걸 교수는 나에게 이 점을 분명히 밝혀 달라고 부탁했다. 그녀가 애니마구스가 된 것은 단지 변환 마법의 모든 분야를 광범위하게 탐구한 결과일 뿐이며, 자신은 어떤 의심스러운 목적을 위해서 얼룩 고양이로 변신할 수 있는 자신의 능력을 결코 써 본 적이 없다는 것이다. 물론 비밀과 은폐가 반드시 필요한 불사조 기사단을 위한 합법적인 경우는 예외로 하고 말이다. JKR]

측하고 있다. 그녀는 1422년 파리에서 마법 행위로 유죄 선고를 받았다. 하지만 처형당하기 전날 밤 감옥에서 감쪽같이 사라지는 바람에 머글 보초병들을 기절초풍시켰다. 이 보초병들은 마법사의 탈출을 도왔다는 누명을 쓰고 나중에 재판까지 받았다. 비록 리제트가 진짜 애니마구스여서 정말 감옥 창살 사이를 비집고 나갔는지에 대해서는 전혀 입증된 바가 없지만, 뒤이어 커다란 하얀 토끼가 돛을 단 가마솥을 타고 영국 해협을 건너는 광경이 목격되기도 했다. 그리고 얼마 후, 비슷한 토끼가 헨리 6세 왕의 왕궁에서 신임받는 고문이 되었다.*

비들 이야기에 등장한 왕은 마법을 두려워하는 동시에 갈망하는 어리석은 머글이다. 그는 단지 주문 외우기와 지팡이 흔드는 법만 배워 익히면 마법사가 될 수 있다고 믿는다.** 그는 마법과 마법사의 진정한 본질에 대해서는 아무것도 모르기 때문에, 사기꾼과 배비티의 터무니없는 제안도 덥석 받아들이고 만다. 이는 분명 특정 유형 머글들의 전형적인 사고방식이다. 그런 머글들은 무지함 때

---

* 이 머글 왕이 정신적으로 불안정하다는 평판을 얻는 데는 이 일도 한몫했을 것이다.

문에 마법에 관한 모든 불가능한 일들을 언제든 받아들일 마음의 준비가 되어 있다. 배비티가 여전히 말도 하고 생각도 할 수 있는 나무로 변신했을 것이라고 지레짐작하는 것처럼 말이다. (여기서 한 가지 짚고 넘어갈 필요가 있다. 비들은 말하는 나무의 속임수를 통해 머글 왕이 얼마나 무지한가를 보여 준다. 이와 동시에 다른 한편으로 우리에게 배비티가 토끼로 변신한 후에도 말을 할 수 있다고 믿기를 요구한다. 이것은 어쩌면 문학적 자유[문학작품 내에서 어느 정도의 모순이나 논리적 충돌을 허용하는 것. 시적 자유라고도 함—옮긴이]일 수도 있다. 하지만 비들이 애니마구스에 대해서 이야기만 들어 봤을 뿐, 직접 만난 적은 한 번도 없었다고 생각하는 편이 더 타당할 듯싶다. 왜냐하면 그의 이야기에서 제멋대로 마법 법칙을 거스른 적은 이번 한 번뿐이기 때문이다. 애니마구스는 동물 형태로 변신해 있는 동안에는 비록 인간적인 사고 능

•• 미스터리 부서는 집중적인 연구를 통해 이미 1672년에 마법사는 절로 태어나는 존재이며, 만들어질 수 없음을 밝혀냈다. 때때로 분명히 마법사의 후예가 아닌 사람(비록 후대의 몇몇 연구들은 가계 어딘가에 마법사가 있었을 것이라고 주장하지만) 중에 마법을 행할 수 있는 '골치 아픈' 능력이 나타나기도 하지만, 어쨌든 머글은 마법을 부릴 수 없다. 머글이 기껏해야 바랄 수 있는 것은 진짜 마법 지팡이가 이따금 제멋대로 일으킨 결과들뿐이다. 마법 지팡이는 마법의 통로가 되는 도구들이 그렇듯이, 가끔 우연한 순간에 설명할 수 없는 이상한 능력을 발휘한다. 〈삼 형제 이야기〉의 지팡이 제작자에 관한 주석을 참고할 것.

력과 이성을 그대로 갖고는 있지만 인간처럼 말하는 능력까지 보유하지는 못한다. 학생들 모두가 잘 알고 있듯, 이것이 바로 애니마구스가 되는 것과 동물로 변신하는 것의 근본적인 차이다. 후자의 경우에는 완전히 동물로 변해 버리는 것이기 때문에 마법을 완전히 잊어버리며 심지어 자신이 한때 마법사였다는 사실조차 인식하지 못한다. 따라서 원래 자신의 모습으로 돌아오려면 다른 누군가가 변환 마법을 부려 줘야 한다.)

여주인공이 나무로 변신한 척하고서 왕에게 도끼로 옆구리를 찍히는 고통을 느끼게 해 주겠다고 협박하는 장면을 구상했을 때, 아마 비들은 실제 마법의 전통과 관행에서 영감을 얻지 않았을까 싶다. 지팡이의 주재료가 되는 나무는 언제나 그 나무를 사랑하는 지팡이 제작자들로부터 철저한 보호를 받았다. 그런 나무를 잘라서 훔쳐 가는 사람은 그 나무에서 살고 있는 보우트러클[•]의 보복만 당하는 것이 아니라 나무의 소유자가 나무 둘레에 쳐 놓은 온갖 보호 주문의 해를 입게 된다. 특히 비들 시대에는 마법 정부^{••}가 아직 크루시아투스 저주를 불법화하지 않았

• 나무에 사는 이 흥미로운 생물에 대한 완전한 설명은 《신비한 동물 사전》을 참고할 것.

기 때문에, 배비티가 왕에게 협박했던 바로 그런 고통을
당할 수도 있었을 것이다.

●● 크루시아투스, 임페리우스, 아바다 케다브라 저주는 1717년 처음으로 '용서받지 못
하는 저주들'로 분류되었으며 이것을 사용할 시에는 가장 혹독한 형벌을 주었다.

5

삼 형제
이야기

옛날 옛쩍, 삼 형제가 해 질 녘에 으슥한 꼬부랑길을 걸어가고 있었습니다. 이윽고 형제들은 어느 강가에 도달했습니다. 강은 너무 깊어서 걸어서 건너갈 수도 없었고, 너무 위험해서 헤엄쳐 갈 수도 없었습니다. 하지만 이 형제들은 마법을 배운 사람들이었습니다. 그들이 가볍게 지팡이를 흔들자, 사나운 강물 위로 다리가 나타났습니다. 다리를 반쯤 건넜을 때, 두건을 쓴 어떤 이가 그들의 앞을 가로막았습니다.

　죽음이 그들에게 말을 걸었습니다. 죽음은 세 명의 새로운 희생자들이 용케 죽음을 면하게 된 것에 몹시 화가 났습니다. 여행자들은 대개 이 강에 빠져 목숨을 잃었기

때문입니다. 하지만 죽음은 대단히 교활했습니다. 그는 세 형제의 마법을 칭찬하는 척했습니다. 그리고 자신을 피해 갈 만큼 영리했으니, 그들 각자에게 상을 주겠노라고 말했습니다.

유달리 경쟁심이 강했던 첫째는 이 세상 어떤 지팡이보다도 더욱 강력한 힘을 지닌 지팡이를 달라고 했습니다. 어떤 결투에서도 항상 승리하는 지팡이, 죽음을 정복한 마법사에게 어울릴 만한 지팡이를 말입니다! 그리하여 죽음은 강둑에 서 있는 딱총나무로 다가가서 늘어진 가지를 꺾어 지팡이를 만들었습니다. 그리고 그것을 첫째에게 주었습니다.

한편 거만하기 짝이 없는 둘째는 죽음에게 더 큰 굴욕

감을 안겨 줄 작정을 했습니다. 그래서 죽은 이들을 소생
시킬 수 있는 능력을 달라고 요구했습니다. 죽음은 강둑
에 있는 돌멩이 하나를 집어서
둘째에게 주었습니다. 그리고
이 돌은 죽은 자들을 다시 불러
올 수 있는 힘을
갖게 될 것이라
고 말했습니다.

　이제 죽음은 막내인
셋째에게 그대는 뭘 원하
느냐고 물었습니다. 막내
는 형제들 중에서 가장
겸손하고, 또한 지혜
로웠습니다. 그러
므로 그는 죽음을
믿지 않았습니다. 그
래서 그는 죽음에게 추
적을 당하지 않고 그곳을 벗어날 수 있게 해 주는 뭔가를
달라고 했습니다. 죽음은 몹시 마지못해하면서, 자신의

투명 망토를 넘겨주었습니다. 그런 다음 죽음은 옆으로 비켜서서 삼 형제가 길을 계속 가도록 허락했습니다. 그들은 방금 겪은 이 놀라운 모험과 신기한 죽음의 선물에 대해 이야기를 나누며 계속 길을 갔습니다.

머지않아 세 형제는 각자의 목적지를 향해 헤어졌습니다.

첫째는 일주일 이상 여행을 계속했습니다. 그리고 어느 먼 마을에 도착하자, 결투를 할 마법사를 찾았습니다. 딱총나무 지팡이를 지닌 그는 당연히 결투에서 승리했습니다. 목숨을 잃고 바닥에 쓰러진 적을 남겨 둔 채, 첫째는 어느 여관으로 들어갔습니다. 그리고 큰 소리로 자신이 죽음에게서 빼앗은 강력한 지팡이를 자랑하며, 천하무적이 되었노라고 떠들어 댔습니다.

바로 그날 밤에 또 다른 마법사가 술에 흠뻑 취해서 침대에 곯아떨어진 첫째에게 살금살금 다가갔습니다. 그 도둑은 지팡이를 훔친 다음, 첫째의 목을 깊숙이 베어 버렸습니다.

그리하여 죽음은 첫째를 차지했습니다.

한편

둘째는 혼자 살

던 집으로 돌아갔습니다.

그리고 죽은 자를 다시 불러

올 수 있는 돌을 꺼내 손안에

서 세 번 돌렸습니다. 그러자

놀랍고 기쁘게도, 예전에 그

가 결혼하고 싶어 했지만

때 이른 죽음을 맞았던

아가씨의 모습이 눈앞

에 나타났습니다.

하지만 그녀는 슬

퍼 보이고 차

가웠으며,

베일로
가로막혀 있었습
니다. 비록 산 자들의 세계
로 돌아왔지만, 진정으로 이
세계에 속한 것이 아니었기에
고통스러워했습니다. 마침내
둘째는 채울 수 없는 갈망에
미쳐서, 진정으로 그녀와
하나가 되기 위해 스스로
목숨을 끊었습니다.
그리하여 죽음은
둘째를 차지했
습니다.

죽음은 몇 해 동안이나 셋째를 찾아다녔습니다. 하지
만 그는 결코 눈에 띄지 않았습니다. 굉장히 나이를 많이
먹었을 때, 셋째는 비로소 투명 망토를 벗고 그것을 아들
에게 주었습니다. 그런 다음 죽음을 오랜 친구로 맞아들
였습니다. 그리고 기꺼이 죽음과 함께 갔습니다. 그리하
여 둘은 나란히 이 세상을 떠났습니다.

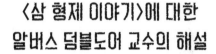

〈삼 형제 이야기〉에 대한
알버스 덤블도어 교수의 해설

이 이야기는 어린 나에게 강렬한 인상을
남겼다. 처음 어머니한테 이 이야기를 들은
뒤, 나는 잠자리에 들 때마다 종종 다른
이야기 말고 이 이야기를 해 달라고 어
머니에게 졸라 대곤 했다. 이 이야기 때
문에 나는 동생인 애버포스와 말싸움을
하기도 했는데, 그가 제일 좋아하는 이
야기는 〈투덜거리는 그루비 염소〉였기 때
문이다.

〈삼 형제 이야기〉의 교훈은 더 이상 분
명할 수 없을 정도다. 죽음을 피하거나 이

기려는 인간의 노력은 반드시 실패하게 마련이란 것이다. 이 이야기 속의 셋째(가장 겸손할 뿐만 아니라 가장 지혜로운) 는 일단 죽음을 모면한 후에 자신이 바랄 수 있는 최고의 소망은 가능한 오랫동안 죽음과의 만남을 지연하는 것뿐 이라는 사실을 깨달은 유일한 인물이다. 막내는 첫째처럼 폭력을 써서 죽음을 조롱하거나, 둘째처럼 강신술* 같은 어둠의 마법에 끼어들거나 하는 짓은, 결코 이길 수 없는 교활한 적을 상대로 싸움을 벌이는 행위라는 것을 잘 알 고 있다.

그러므로 이 이야기를 둘러싸고 흥미로운 전설이 생겨 난 사실은 참으로 아이러니한 일이다. 왜냐하면 원래 이 야기가 전달하고자 하는 교훈과는 완전히 상반된 결과이 기 때문이다. 이 전설에 따르면 죽음이 삼 형제에게 준 선 물, 절대 패배하지 않는 지팡이와 죽은 자를 다시 불러오 는 돌, 그리고 영원히 효력이 변치 않는 투명 망토는 이 현실 세계에 존재하는 진짜 물건들이다. 그뿐만이 아니

---

* [강신술이란 죽은 자를 불러오는 어둠의 마법이다. 하지만 이 이야기가 명백히 보여 주듯, 이것은 절대 제대로 효력을 발휘하지 못하는 마법의 하나다. JKR]

다. 만약 누군가 이 세 가지 물건의 정당한 소유자가 되면, 그 사람은 '죽음의 지배자'가 된다는 것이다. 그리고 '죽음의 지배자'란 말은 대개 불사의 몸이 된다는 뜻으로, 심지어 영원불멸하는 존재가 된다는 뜻으로 해석되어 왔다.

하지만 이 전설이 말해 주는 인간의 본성에 우리는 그저 씁쓸하게 미소 지을 수밖에 없다. 아마 가장 친절한 해석은 이런 것이리라. "희망은 영원히 샘솟나니."•• 세 가지 물건 중 두 개는 대단히 위험하다는 비들의 이야기에도 불구하고, 또한 죽음이 종국에 가서 우리 모두에게 던져 주는 분명한 메시지에도 불구하고, 마법 세계의 일부 극소수 사람들은 끈질기게 비들이 이 이야기를 통해 어떤 감추어진 메시지(잉크로 적어 놓은 내용과는 정반대의 내용인)를 보내고 있으며 자신들만이 그 암호를 이해할 수 있을 만큼 영리하다고 믿고 있다.

그들의 이론(어쩌면 '필사적인 희망'이란 표현이 더 정확할지

•• [이 인용문을 보면, 알버스 덤블도어가 단지 마법 세계의 책들만 많이 읽는 것이 아니라 머글 시인인 알렉산더 포프(18세기 영국 시인, 위에 인용된 문장은 그의 시 〈인간론(An Essay on Man)〉에 나오는 한 구절이다—옮긴이)의 글에도 친숙함을 알 수 있다. JKR]

도 모르겠지만)은 얼마 안 되는 현실적 증거에 근거하고 있다. 가령 진짜 투명 망토는 비록 희귀하기는 하지만, 우리 마법사 세계에 분명히 존재한다. 하지만 이 이야기에서는 죽음의 망토가 특별한 영구성을 지니고 있음을 분명히 밝히고 있다.* 비들의 시대부터 우리 시대에 이르기까지 수 세기 동안, 어느 누구도 죽음의 망토를 발견했다고 주장하는 사람은 없었다. 하지만 진정한 전설의 신봉자들은 그 사실을 이런 식으로 설명한다. 셋째의 후손들이 그 망토의 유래를 모르고 있거나, 유래를 알고서 조상의 지혜를 본받아 그 사실을 남들에게 자랑하지 않기로 결심했다고 말이다.

지극히 당연한 일이지만, 부활의 돌 역시 한 번도 발견된 적이 없다. 앞서 〈배비티 래비티와 깔깔 웃는 그루터기〉의 해설에서 잠깐 언급한 바와 같이, 우리는 여전히 죽은 사람을 되살려 낼 수 없다. 그리고 앞으로도 그런 일은

• [투명 망토는 대개 영구적이지 않다. 투명 망토 역시 찢어지거나 세월이 흐르면 뿌옇게 흐려지기도 하며, 주문을 맞거나 폭로 마법의 공격을 당했을 때는 벗겨지기도 한다. 바로 그런 이유로 마법사들이 은신이나 위장을 할 때 첫 번째로 보호색 마법을 쓰는 것이다. 특히 알버스 덤블도어는 아주 강력한 보호색 마법을 부릴 수 있어서 망토의 도움 없이도 몸을 투명하게 만들 수 있다고 알려져 있다. JKR]

결코 일어나지 않을 것이라고 추측하는 데는 수많은 타당한 이유들이 있다. 물론 어둠의 마법사들은 온갖 사악한 주술을 시도해 왔고, 결국 인페리우스**를 만들어 냈다. 하지만 인페리우스는 한낱 소름 끼치는 인형일 뿐, 정말 깨어 있는 인간이 아니다. 더구나 비들의 이야기는 둘째의 죽은 연인이 진짜로 죽음에서 되돌아온 것이 아니라는 점을 명백히 밝히고 있다. 그 연인은 둘째를 죽음의 함정으로 유인하기 위해 죽음이 보낸 미끼였을 뿐이다. 그러므로 그녀는 차갑고 소원하며, 있으면서 동시에 없어서 사람의 애를 태운다.***

마지막으로 지팡이가 남았는데, 비들의 감추어진 메시지를 고집 세게 믿는 자들은 적어도 이 물건에 관해서만큼은 자신들의 황당한 주장을 뒷받침해 주는 역사적 증거가 있다고 생각한다. 예를 들어 잘난 척하고 싶은 건지 아니면 잠재적인 적수들을 위협하고 싶은 건지 아니면 정말

** [인페리우스란 어둠의 마법에 의해서 다시 움직이게 된 송장들이다. JKR]

*** 많은 비평가들은 비들이 마법사의 돌에 영감을 받아서 죽은 자를 다시 불러낼 수 있는 돌을 창조해 냈을 것이라고 생각한다. 마법사의 돌은 불로장생의 묘약을 만들 수 있는 돌이다.

로 자신의 말을 믿고 있는 건지는 모르겠지만, 어쨌든 여러 세기 동안 자기가 보통 지팡이보다 더 강력한, 심지어 '절대 패하지 않는' 지팡이를 갖고 있노라고 공언하는 마법사들이 계속 존재해 왔다. 그리고 일부 마법사들은 한 걸음 더 나가서 자신의 지팡이가 죽음이 만든 지팡이와 마찬가지로 딱총나무로 만든 것이라고 주장하기까지 했다. 그 지팡이들은 저마다 여러 가지 이름으로 불렸는데, 그중에는 '운명의 지팡이' '죽음의 지팡이'도 있다.

사실 우리의 지팡이를 둘러싸고 오랜 미신이 생겨나는 것은 별로 놀라운 일이 아니다. 지팡이야말로 우리의 가장 중요한 마법 도구이며 무기니까 말이다. 어떤 지팡이들(따라서 그 지팡이의 소유자들도)은 서로 맞지 않는다고 여겨지기도 한다.

남자의 지팡이가 떡갈나무이고
여자의 지팡이가 서양호랑가시나무라면
두 사람의 결혼은 어리석은 짓.

또는 지팡이 소유자의 성격적인 결함을 지적하기 위해

서 이런 표현을 쓰기도 한다.

마가목이 잡담을 하면 밤나무는 졸고
물푸레나무가 고집을 부리면 개암나무는 신음을 한다.

그리고 진실 여부가 입증되지 않은 속담의 범주 안에
는 이런 것도 있다.

딱총나무 지팡이는 결코 번영할 수 없으니.

어쨌든 비들의 이야기에서 죽음이 딱총나무를 가지고
이야기 속의 지팡이를 만들기 때문인지, 또는 권력에 굶
주린 무자비한 마법사들이 줄기차게 자신의 지팡이는 딱
총나무로 만든 것이라고 주장해 왔기 때문인지는 모르겠
지만, 지팡이 제작자들 사이에서 이 나무는 별로 선호되
지 않는다.

제대로 된 기록에 제일 처음 등장한, 특별히 강력하고
위험한 힘을 지닌 딱총나무 지팡이는 흔히 '사악한 자'라
고 불리는 에머릭이 갖고 있었다. 그는 비록 짧은 생애를

살았지만, 중세 초반에 영국 남부를 공포의 도가니로 몰아넣을 만큼 유별나게 호전적인 마법사였다. 그는 에그버트라고 하는 마법사와 격렬한 결투를 벌이다가 죽었다. 한편 에그버트가 어떻게 됐는지는 알려진 바가 없다. 물론 중세 시대 결투꾼들의 예상 수명은 일반적으로 아주 짧았다. 어둠의 마법 사용을 규제하는 마법 정부가 생겨나기 이전 시대에 결투는 대개 목숨을 위협하는 일이었다.

한 세기가 완전히 흐른 후에, 이번에는 고델롯이라는 또 한 명의 불쾌한 인물이 한 지팡이의 도움으로 위험한 주문들의 모음집을 써서 어둠의 마법 연구를 크게 진전시켰다. 그는 이 지팡이에 대해 '이것은 세상에서 가장 사악하고 섬세한 친구로서 엘혼*으로 만들었으며 가장 사악한 마법의 비법을 알고 있다'고 자신의 공책에 적어 놓았다. ('가장 사악한 마법'은 고델롯의 필생의 역작 제목이기도 하다.)

고델롯은 자신의 지팡이를 협력자이자 거의 인도자로까지 여겼다. 지팡이학에 대해서 지식이 있는 사람**이라

---

* 딱총나무의 옛 이름.
** 나 같은 사람.

면 지팡이가 실제로 그것을 사용하는 사람의 감정이나 경험을 흡수한다는 사실을 인정할 것이다. 비록 그것이 전혀 예측할 수 없고 불완전한 일이기는 하지만 말이다. 지팡이가 어느 특정한 개인의 손에서 얼마나 제대로 된 능력을 발휘할지 파악하기 위해서는, 지팡이와 지팡이 사용자의 관계와 같은 모든 종류의 부가적인 요인들까지 고려해야 한다. 그렇지만 수많은 어둠의 마법사들의 손을 거쳐 온 전설 속의 지팡이는 적어도 가장 위험한 종류의 마법과 눈에 띄게 관련성을 보이는 듯하다.

대부분의 마법사들은 중고 지팡이보다는 그들을 '선택한' 지팡이를 더 좋아한다. 왜냐하면 중고 지팡이는 이전 소유자에게서 특정한 습성을 익혔을 가능성이 높은데, 그 습성이 새 주인의 마법 스타일과 상반될 수도 있기 때문이다. 일단 지팡이의 주인이 사망하면, 주인과 함께 지팡이를 묻는(또는 불태우는) 일반적인 관행 또한 한 지팡이가 너무 많은 주인들로부터 습성을 배우지 못하도록 하기 위한 것이다. 하지만 딱총나무 지팡이를 믿는 사람들은 이 지팡이가 소유자가 바뀔 때마다 늘 충성심까지 넘겨받기 때문에(대개는 다음번 주인이 이전 주인을 죽이는 방식으로 굴복시

키므로) 결코 파괴되거나 땅에 묻히는 일이 없었으며 계속 살아남아 일반 지팡이를 훨씬 능가하는 지혜와 힘과 능력을 축적했다고 주장한다.

고델롯은 그의 미친 아들인 헤리워드가 그를 지하실에 넣고 가두는 바람에 그곳에서 생애를 마쳤다고 한다. 우리는 헤리워드가 아버지의 지팡이를 빼앗았을 것으로 추측할 수밖에 없다. 그러지 않았다면 고델롯은 지하실에서 탈출했을 테니까 말이다. 하지만 그 이후에 헤리워드가 지팡이를 가지고 뭘 했는지는 전혀 알 수 없다. 분명한 사실은 18세기 초반에 바너버스 데버릴이란 사람이 소유한 이른바 '엘드런˙지팡이'가 출현했다는 것뿐이다. 데버릴은 이 지팡이 때문에 잔인한 마술사라는 명성을 얻었다. 결국 그의 공포 시대는 똑같이 악명 높은 록시아스에 의해 끝이 났는데, 지팡이를 빼앗은 그는 '죽음의 지팡이'란 이름을 새로 부여하고 이 지팡이를 사용하여 자신의 비위를 거스른 사람은 누구든 해치웠다. 하지만 그의 친어

• 　역시 딱총나무의 옛 이름이다.

머니를 포함하여 많은 사람들이 그를 죽였다고 주장했을
때, 그의 지팡이의 행방은 밝혀지지 않았다.

이른바 딱총나무 지팡이의 역사를 공부한 영리한 마법
사라면 누구든 이런 생각이 들 것이다. 딱총나무 지팡이
를 가졌다고 주장하는 남자들**은 하나같이 이 지팡이가
'천하무적'이라고 큰소리를 쳤지만, 결국 이 지팡이가 수
많은 주인들의 손을 거쳐 갔다는 명백한 사실은 이 지팡
이 역시 수백 번 패배했을 뿐만 아니라, 투덜거리는 그루
비 염소가 파리를 불러 모으듯 온갖 불행을 불러들인다는
걸 증명해 주고 있다는 것을 말이다. 궁극적으로 딱총나
무 지팡이를 향한 욕망은 나의 긴 생애 동안 수차례 목격
했던 사실을 뒷받침해 줄 뿐이다. 바로 인간은 자기 자신
에게 가장 나쁜 것을 딱 집어 선택하는 신기한 재주가 있
다는 사실이다.

만약 죽음의 선물을 선택할 수 있는 기회가 주어진다
면, 과연 우리 중에 누가 셋째와 같은 지혜를 보여 줄 것

** 여자 마법사가 딱총나무 지팡이를 소유한 적은 한 번도 없었다. 이 점에 대해서는 각
자 이해하도록 하라.

인가? 마법사나 머글이나 권력욕에 물들기는 마찬가지
다. 그러니 얼마나 많은 사람들이 '운명의 지팡이'를 거부
할 수 있겠는가? 또한 어느 누가 사랑하는 사람을 잃고서
부활의 돌의 유혹을 견딜 수 있겠는가? 심지어 나, 알버스
덤블도어조차도 결국 투명 망토를 거부하는 게 제일 쉽다
는 걸 깨달았을 것이다. 이것은 내가 아무리 똑똑하다 한
들, 나 역시 다른 사람들과 마찬가지로 형편없는 바보에
불과하다는 사실을 입증해 준다.

LUMOS

Protecting Children. Providing Solutions.

루모스

루모스 최고 경영자 조젯 멀헤어의 인사말

루모스 *(명사; 루-모스):*

1. 빛을 만드는 주문. 지팡이가 빛을 내도록 하는 주
   문으로도 알려져 있다. *(출처: 해리 포터 시리즈)*
2. 아이들의 공공시설 수용을 끝내기 위한 비영리적
   활동.

모든 것은 사진 한 장에서 시작되었습니다.

J.K. 롤링은 세상과 가족과 떨어져 한 시설에 고립된
어린 소년의 흑백 사진을 보았고, 눈을 뗄 수 없었습니다.

이제 그 소년이 800만 명이라고 생각해 보십시오.

그 숫자만큼의 전 세계 어린이들이 고아원이라 할 수 있는 거주 시설에서 유년기를 보냅니다. 그러나 이 아이들은 고아가 아니며, 가족들로부터 사랑받고 그들과 함께하기를 원하는 존재입니다. 단지 가난과 장애, 또는 소수 인종이라는 이유로 충분한 지원을 받지 못하는 상태에 있을 뿐입니다.

저희 루모스 재단은 혁명적인 사실을 발견해 이를 실행해 왔습니다. 바로 고아원의 문을 닫고 그 기금을 아이들이 원래 있어야 할 곳인 그들의 가정을 돕는 지역 사회 중심에 지원하면, 더 적은 비용으로 더 성공적인 결과를 이끌어 낼 수 있다는 것입니다.

어떻게 여기까지 이르렀나?

지난 수십 년간 취약 계층의 많은 어린이와 가족에게 고아원은 기본적인 해결책이 되어 주었고, 절박한 부모들에게는 유일한 선택지였습니다. 그리고 그 선택의 결과는 굉장히 파괴적이며, 아이들이 인생에서 가질 수 있는 기회에 심각한 영향을 줍니다.

연구에 따르면 시설에 맡겨진 아이들은 인신매매를 당하거나 학대, 방치로 고통 받을 가능성이 훨씬 크고, 성인이 된 후에는 사회에 적응하는 데 어려움을 겪습니다.

진정한 변화로 향하는 길을 밝히며

보다 풍요로운 세상을 위해 우리는 모든 아이들이 단순히 생존하는 것에 그치지 않고, 제대로 성장해 나가도록 도와야 합니다. 루모스 재단은 아이들에게 필요한 정서적 자양물을 공급하는 핵심 요소에 집중합니다. 바로 부모의 사랑과 보살핌입니다.

유아의 초기 두뇌 발달에 관한 연구에 따르면, 일관되게 제공된 부모의 관심과 반응과 자극을 통해 형성된 부모와 아이 사이의 애착은 아동의 두뇌 발달과 성장에 큰 영향을 미칩니다. 본질적으로 부모와 아이 사이의 유대는 이후의 모든 성공과 행복, 성장의 뿌리입니다.

고아원이 아무리 좋은 의도를 가지고 설립되어 그 직원들이 최선을 다해 노력한다 해도, 가족을 대신할 수는 없습니다. 너무나 적은 수의 직원들이 많은 아이들을 돌봐야 하기 때문에, 아이들은 몇 시간 동안 아무런 자극 또는 어떠한 인간적 접촉도 없이 방치되곤 합니다.

다행히도 이런 문제들은 모두 해결 가능합니다. 전 세계 많은 나라에서 아이들을 고아원에 보내는 대신, 그들이 가정과 지역 사회 안에 머물 수 있도록 광범위한 지원을 하고 있습니다.

세계적인 기구

루모스의 활동은 유럽 지역 내에서 사람들의 의식을 바꾸기 시작했습니다. 유럽연합(EU)과 고액 기부자들은 고아원이 해답이 아니라는 사실을 깨닫고, 그들의 기금을 지역 사회 기반 서비스로 돌렸습니다.

아이들이 가족과 함께하는 일은 더 이상 '만약'이 아닌, '언제'와 '어떻게'의 문제입니다.

하지만 여전히 전 세계의 많은 나라들이 취약한 아이들에게 필요한 것들을 표면적으로만 해결해 주는 고아원을 유지하고 있습니다. 루모스 재단은 이 추세를 바꾸기 위해 전 세계적으로 앞장서 노력할 것입니다. 루모스 재단의 모델이 얼마나 효율적인지 알리는 프로그램을 시행하고, 세계 곳곳의 의사 결정자들이 고아원이 아닌 가족과 함께하는 아이들을 지원하도록 설득하며, 우리가 유럽에서 일궈 낸 변화가 전 세계로 퍼져 나가는 모습을 지켜볼 것입니다.

세계적인 움직임

현재의 상황을 바꾸기 위해서는 시간, 정치적 의지와 대중의 의지, 고아원에 대한 인식과 현실의 차이를 알리려는 혼신의 노력이 필요합니다.

- 고아원에는 고아만 있지 않습니다. 사랑하는 가족이 있지만, 단지 도움이 부족할 뿐인 아이들이 가득합니다.
- 상당수의 고아원이 어려움에 처한 어린이들에게 바람직하거나 필요한 환경을 제공하지 못합니다.
- 고아원은 어린이에게 최선의 결과물을 제공하지 못합니다.
- 고아원은 비용 대비 가장 효율이 높은 방법이 아닙니다.

이 특별하고 유일무이한 책을 구입함으로써 여러분은 루모스 재단이 2050년까지 보호 시설에 있는 어린이가 전 세계에 한 명도 없도록 활동하는 일에 도움을 주었습니다. 우리는 함께, 고아원을 원래 있어야 할 자리인 역사책 속으로 보낼 수 있습니다.

우리는 함께, 어린이와 그 가족을 돕고자 하는 전 세계의 노력을 그들의 집과 지역 사회로 향하게 할 수 있습니다.

우리는 함께, 어둠을 가르는 빛을 비출 수 있습니다.

우리는 함께, 루모스입니다.

옮긴이 **최인자**

연세대학교 영어영문학과를 졸업하였다. 1992년 《조선일보》 신춘문예 평론 부문 당선으로 등단, 현재 문학평론가로 활동 중이다.
옮긴 책으로 《재즈》 《로빈슨 크루소》 《오페라의 유령》 《이상한 나라의 앨리스》 《외국인 학생》 《음유시인 비들 이야기》 《퀴디치의 역사》 〈해리 포터〉 시리즈 등이 있다.

호그와트 라이브러리
음유시인 비들 이야기

초   판   1쇄 발행 2008년 12월 12일
초   판   7쇄 발행 2008년 12월 26일
개정3판   1쇄 발행 2022년 2월 23일
개정3판   3쇄 발행 2024년 1월 19일

지은이 | J. K. 롤링
옮긴이 | 최인자
발행인 | 김은경

펴낸곳 | 문학수첩리틀북
주   소 | 경기도 파주시 회동길 503-1(문발동 633-4) 출판문화단지
전   화 | 031-955-9088(마케팅부), 9532(편집부)
팩   스 | 031-955-9066
등   록 | 2001년 3월 29일 제03-01282호

홈페이지 | www.moonhak.co.kr
블로그 | blog.naver.com/moonhak91
이메일 | moonhak@moonhak.co.kr

ISBN 978-89-5976-220-0 04840
ISBN 978-89-5976-217-0 (세트)

「이 도서의 국립중앙도서관 출판예정도서목록(CIP)은 서지정보유통지원시스템 홈페이지(http://seoji.nl.go.kr)와 국가자료공동목록시스템(http://www.nl.go.kr/kolisnet)에서 이용하실 수 있습니다.(CIP제어번호: CIP2017026053)」

* 파본은 구매처에서 바꾸어 드립니다.